# 追影：真名士自風流

史飞翔 著

陕西出版传媒集团
陕西人民出版社

**图书在版编目（CIP）数据**

追影：真名士自风流／史飞翔著． --西安：陕西人民出版社，2014

ISBN 978－7－224－11097－5

Ⅰ．①追… Ⅱ．①史… Ⅲ．①散文集—中国—当代 Ⅳ．①I267

中国版本图书馆 CIP 数据核字(2014)第 063194 号

# 追影：真名士自风流

| | |
|---|---|
| 作　者 | 史飞翔 |
| 出版发行 | 陕西出版传媒集团　陕西人民出版社 |
| | （西安北大街 147 号　邮编:710003） |
| 印　刷 | 陕西汇丰印务有限公司 |
| 开　本 | 787mm×1092mm　16 开　15.5 印张　2 插页 |
| 字　数 | 250 千字 |
| 版　次 | 2014 年 6 月第 1 版　2014 年 6 月第 1 次印刷 |
| 书　号 | ISBN 978－7－224－11097－5 |
| 定　价 | 29.80 元 |

# 目录

## 第一章　逸　事

辜鸿铭的心态 / 〇〇三
章太炎逸事 / 〇〇六
风流名士数黄侃 / 〇〇九
刘师培：读书人的种子 / 〇一二
蔡元培的人情底线 / 〇一五
胡适少读禁书 / 〇一八
胡适写诗戏悼钱玄同 / 〇二一
胡适与蒋介石的一次交锋 / 〇二四
陈寅恪逸事 / 〇二七
马一浮：自建生圹的国学大师 / 〇三〇
民国奇人吴稚晖 / 〇三三
钱穆的最后一课 / 〇三七
潘光旦逸事 / 〇四〇
梁启超的激情讲演 / 〇四三
梁思成的困惑 / 〇四六
怕死学者罗尔纲 / 〇四九
狂狷钱锺书 / 〇五二
沈从文的自负 / 〇五五
刘文典：不只是狂傲 / 〇五七
周一良作弊上大学 / 〇六〇

怪才丁文江 / 〇六二
容庚的收藏之道 / 〇六五
馋嘴傅斯年 / 〇六七
于右任的人品与书品 / 〇七〇
郑振铎戏言成真："这次我是真的走了" / 〇七三
吴晗宁愿挨打也要买书 / 〇七五
王元化与熊十力 / 〇七八
李叔同遗事 / 〇八〇
黄万里拒绝申请当博导 / 〇八三
华罗庚的最后一次演讲 / 〇八五
狂儒牟宗三 / 〇八八
狂生张五常 / 〇九一
好名学者于省吾 / 〇九四
王选淡泊名利 / 〇九六

## 第二章　趣　闻

章太炎为何拒聘清华国学院 / 一〇一
鲁迅是怎样对待金钱的 / 一〇三
鲁迅误会蔡元培 / 一〇五
鲁迅与林语堂因何失和 / 一〇八
胡适晚年太好名"白活30年" / 一一一

冯友兰:"把最大的奉承留给自己" / 一一四
沈从文是怎样对待名利的 / 一一七
金岳霖:哲学是一场严肃的游戏 / 一二〇
钱锺书:"我不需要出名" / 一二三
李健吾批巴金 / 一二五
牟宗三与梁漱溟的恩怨 / 一二八
余英时评冯友兰:犹在"功利境界" / 一三一
周汝昌:一生为华夏招魂 / 一三四
曹禺:戏剧天才的白痴一面 / 一四〇
南怀瑾的传奇人生 / 一四三
金庸:抠门的"大侠" / 一四九

## 第三章　从　政

陈布雷之死 / 一五五
王世杰:书生的执拗 / 一五八
徐道邻劝蒋介石下野 / 一六一
马寅初的"狮子吼" / 一六四
郭沫若的自省 / 一六九
李宗恩:誓死捍卫学术尊严 / 一七二
贺麟:当学术遇上政治 / 一七五
向达:耿介孤傲一书生 / 一七八
宋春舫:做官是职业也是学问 / 一八一

**第四章　婚 恋**

章太炎征婚 / 一八五
大龄青年陈寅恪 / 一八九
蔡元培的三段婚姻 / 一九一
梁漱溟悼妻 / 一九四
梁实秋与女明星闪婚 / 二〇〇
马寅初与两个妻子 / 二〇四
周汝昌的爱情观 / 二〇八

**第五章　养 生**

马一浮的"养生四诀" / 二一三
林语堂的"半字哲学" / 二一六
梁漱溟的人生态度 / 二二〇
熊十力与吃 / 二二三
蒋介石的饮食习惯 / 二二六
施蛰存："不死就是胜利" / 二二九
李泽厚谈人生 / 二三二
杨绛：人生边上的烤火人 / 二三五
钱谷融的人生智慧 / 二三八
袁伟时的养生之道 / 二四一

# 第一章 逸事

# 第一章 逸事

## 辜鸿铭的心态

辜鸿铭，名汤生，字鸿铭，别号汉滨读易者。祖籍福建，出生于马来西亚槟榔屿，十岁时随义父英人布朗赴欧洲。1873年入爱丁堡大学文学院，师从英国浪漫主义大师卡莱尔，主攻英国文学。1877年毕业，获文学硕士学位。不久赴德国莱比锡大学，改学工程，获土木工程师文凭，旋赴法国巴黎大学。此后又往意大利、奥地利等国游学，通晓九国语言。据说，辜鸿铭一生曾获13个博士学位。

辜鸿铭（1857—1928）

1880年，辜鸿铭从欧洲学成归来，回到槟榔屿，后就职于新加坡殖民政府。1882年，一个偶然的机会，辜鸿铭结识了我国早期著名维新思想家马建忠。在马先生那里，辜鸿铭第一次真正领略到了中华文化的博大精深，服膺之余，他辞去了新加坡殖民政府公职，决心回国效力。他先是在槟榔屿的家中补习汉文并开始有意蓄辫。此后，又赴

## 追影：
### 真名士自风流

香港、上海等地潜心研读中国典籍，如此苦心孤诣三年后，他自认为求得中国传统文化之真谛，从此宣称皈依中国文化，终生不渝。

辜鸿铭"生在南洋，学在西洋，娶在东洋，仕在北洋"，他一生游学数国，对西方文明熟稔于心，然而他终其一生却始终扮演着一个"为故国招魂"的、保守的"落伍者"的形象。如今人们谈到辜鸿铭，多热衷于他的奇谈怪论、趣闻逸事，很少有人能真正地从内心深处去理解他、读懂他。

辜鸿铭生在晚清那样一个"三千年未有之大变局"的转型时期，目睹帝国的江河日下，特别是感受着"欧风美雨"挟裹之下中华文化的日益飘零，其内心痛苦可想而知。正是基于此，他才以一个叛逆者的姿态出现，他脑后的那根辫子无非是向世人表明他的一种信念和姿态，那就是誓死捍卫中华五千年传统之文化，为的是保护一种文明的道德准则。在几乎所有人都大谈西化的时候，辜鸿铭反其道而行之，摆出一副"文化保守者"的倨傲姿态。有句话叫"爱之愈深，恨愈之切"，辜鸿铭的心态正是如此。辜鸿铭貌似疯癫，实则痛苦，他那些特立独行的举止与其说是乖戾、孤僻，不若说是苦闷、激愤。

面对世人的误解，辜鸿铭曾这样辩解："因为常常批评西洋文明，所以有人说我是个攘夷论者。其实，我既不是攘夷论者，也不是那种排外的思想家。我是希望东西方的长处结合在一起，从而消除东西界限，并以此作为今后最大的奋斗目标的人。"（《辜鸿铭论集》，《辜鸿铭文集》下册）试问，持这样开放、包容心态的人，你能说他是一个顽固的、抱残守缺的"落伍者"吗？

辜鸿铭绝不是一些人想象的那样，是一个拖着长辫子的"冬烘先生"，相反，他是一个"痛苦的清醒者"，是一个逆流而上的"先觉者"。他的一些观点直到今天依然富有意义。比如，他关于文明的论述就直指当下——"在我看来，要估价一个文明，我们最终必须问的问题，不在于它是否修建了和能够修建巨大的城市、宏伟壮丽的建筑和宽广平坦的马路，也不在于它是否制造了和能够造出漂亮舒适的家具、精致实用的工具、器具和仪器,甚至不在于学院的建立、艺术的创造和科学的发明。要估价一个文明,我们必须问的问题是,它能够生产什么样子的人,什么样的男人和女人。事实上,一种文明所生产的男人和女人——人的类型,正好显示出该文明的本质和个性,也即显示出该文明的灵魂。"(《中国人的精神·序言》,《辜鸿铭文集》下册)这话在今天显得多么重要。说出这样话的人,你能说他是"冬烘先生"么?

# 章太炎逸事

章太炎（1869—1936）

国学大师章太炎（章炳麟）堪称一代名士，他学问渊博、性情怪异，常有非常之举，因而一生留下了数不清的趣闻逸事。

章太炎名满天下，常有慕名者前来听其讲学。但大多抱以失望。原因是章太炎口齿不清，讲话漫无层次。九一八事变后，章太炎应邀赴北平国学研究所演讲。由于他满口杭州土话，听众难以领会，最后只好由学生钱玄同、马裕藻担任述译。

章太炎一生不知美，从不知道欣赏自然之美。有人邀他游山，他说不知道山为何物。但是有时候他又表现得很有情调。1912年，章太炎准备续弦。朋友问他对于未来夫人有何条件，章太炎回答："什么严格的条件都没有，只要能读读《红楼梦》就够了。"

章太炎平时让仆人做事总喜欢写条子。有一次，他写了一张条子让仆人买肉做羹。但是仆人跑遍了苏州城各个肉铺，最后空手而归。章太炎问为何空手而归，仆人说："你写的字他们看了都说没有。"原来，章太炎字迹潦草，将"肉"字写成了"月"字。章太炎晚年为人开药方，使用的是金文，药店不认得。章太炎愤然说："不识字，开什么药店！"

章太炎嗜好纸烟。有一次，他实在穷得不名一文，只好给一个名叫汪允宗的朋友写了一张字条："今已不名一钱，乞借银元两枚，以购香烟。"同室的蒋维乔看到后不解，问："既已向人借钱，为何不多借几元？"章太炎回答："与此君不过两元交情，多则恐怕不会答应。"

章太炎与王国维同为浙江人，一海宁，一余杭，且相距不远，但二人平日素不交往，且相互间从不公开提及对方。章太炎数次拒绝出任清华导师，原因是不肯居王国维、梁启超之后。章太炎对梁启超始终不满，晚年与人论文说："文求其人，则代不数人；人不数多，大非易事，但求传入史则可矣。若梁启超辈，有一字能入史耶？"章太炎与吴稚晖、张继原为挚友，后发生冲突，章书《北山移文》告之绝交。吴稚晖、张继原知道章太炎傲慢，亲往其家讲和，章太炎掷刺拒见。章太炎精通古今经学，自称"全国第一"。一次，某学者与他谈起胡适，章太炎以"不配谈"答之。

民国初年，袁世凯设宴款待京城名流，章太炎也在邀请之列。章太炎得到袁世凯请柬后，在上端大书四字："恕不奉陪。"随即投入邮箱。辛亥革命后章太炎常手持一扇，扇面写"悔不击碎竖子脑袋"八字。

由于长期埋头学问，章太炎对人间事几乎到了一种"忘我"的程度。他非但不善营生，甚至连自己也料理不了。章太炎记性很坏，经常不识路。在日本办《民报》期间，常闹出不识归途、误入别人家门的笑话。当时他住在报社，距离孙中山寓所很近。但是每次去孙中山那里必须要有人同行，否则他肯定迷路。这种情况到了晚年更加严重。一次，他坐车回家。车夫问他去哪里。他说："我的家里。"车夫问他家在哪里，他回答："马路上弄堂里，弄口有家纸烟店。"结果，车

# 追影:
## 真名士自風流

夫拉着他满大街转。还有一次,他从上海同福里寓所坐黄包车到三马路旧书店买书。从书店出来后,坐上一辆黄包车,示意车夫向西面走。车夫照他的话,向西走了好长一段路,见章太炎不动,心存疑虑,问他:"先生,你究竟要到哪里去?"章太炎说:"我自己也不知道,上海人都知道我是章疯子,你只要拉到章疯子家就是了。"

学术是性情中人的事,学者往往也是至情至性之人。其性情之怪、之癖,是不能以常人视之的。"唯大英雄能本色,是真名士自风流。"章太炎的这些趣闻逸事从一个侧面也正好印证了他的学养与魅力。

## 风流名士数黄侃

黄侃,字季刚,又字季子,名乔馨,晚号量守居士。湖北蕲春人,训诂学家、音韵学家。黄侃幼承庭训,3岁发蒙,10岁便读完四书五经,乡里人呼为"圣童"。

黄侃自小就桀骜不驯,不拘小节。一次他去考秀才,考完试闲逛,见一考生架锅煮鸭子,气不打一处来,上前一脚将锅踢翻。考生见此抓住黄侃要打。黄侃说:"甭管你怎样,反正今儿个这鸭子你是吃不成了。"见他如此蛮横,那人也只好作罢。

黄侃(1886—1935)

黄侃喜好美食,讲究吃喝。一次,几个同盟会成员在某处聚会,但没有请黄侃。黄侃知道是因为自己骂过其中一人,但他不请自去。刚一进门,那些人见是他,吓了一跳,继而装作热情的样子。黄侃二话不说坐下就吃,而且专拣好的吃。吃完后冲那些人说:"好你们一群王八蛋。"说完就跑。

# 追影：
## 真名士自风流

据冯友兰讲，黄侃有一个习惯，"在课堂上讲书，讲到一个要紧的地方，就说，这里有个秘密，专靠北大这几百块钱的薪水，我还不能讲，你们要我讲，得另外请我吃饭"。一次，有个学生在"同和居"请客，恰巧黄侃也在隔壁请客。听到老师说话，学生赶紧过去打招呼，黄侃一见便对他批评起来。学生请的客人都到齐了，黄侃还不放他走。情急之下，学生把饭店的人叫来，说今天黄先生在这里请客的钱全都记到我的账上。黄侃听了大乐，便对学生说："好了，你现在可以走了。"

黄侃历任北大、北女师大、武昌高师、中央大学等校教授。人送绰号"三不到"教授，即刮风不到、下雨不到、不高兴不到。临终前几天，黄侃的鼻衄病已很严重，气喘病又发作，吃饭都难以下咽，却仍然坚持去上课，他说："饭可不食，书仍要讲。"在南京中央大学上课时，他只管讲课，一向不布置作业。期末考试又不肯阅卷打分。教务处催逼，他给处里写一字条，上书"每人八十分"。中央大学为严肃校纪规定师生出入校门一律佩戴校徽。一天黄侃到校上课，未戴校徽被门卫拦下。黄侃说："我是教授黄季刚，来校上课的。"门卫说："你又没戴校徽，我怎么知道你是教授。"黄一听，气得把装有讲义的皮包往门卫面前一推，说："你有校徽我没有，那你就去上课吧！"门卫一听，来头很大，口气有所缓和，说没有校徽有名片也行。黄侃说："我本人就是名片，你把我拿去吧！"争执中，校长碰巧路过，赶紧过来调解，才算了事。

黄侃敝屣尊容，对达官贵人向来不屑。他是辛亥革命的先驱人物。当初的同盟会成员，后来不少在南京国民政府任要职。黄侃大多不与往来，唯与湖北同乡居正有所过从。居正曾任司法院院长，因反蒋被囚南京汤山，众人疏之，黄侃念旧谊常去探视。一天，黄侃偶去拜访居正。门房见黄侃土头土脑，按惯例回以"院长不在家"。黄侃旁若无人，长驱直入。门房见此，上前拉他的衣袖，吆喝"你是什么人？出去！"黄侃大怒，一边骂"你是什么东西，你管不着！"一边继续往里走。门房拉扯黄侃,不料用力过猛,拉破衣袖。这一下惊动了里屋的居正。居一看情形,知道不好收场,连声道:"季刚!不要理他!"回过头来又斥责门房:"我早就关照过你,黄先生来的时候,立即通报,你怎么忘了!"门房还算机灵,赶忙说:"怪我多吃了两杯酒,糊里糊涂的。"居正大笑,牵着黄侃的手说:"快进来,有两瓶茅台,请你尝尝。"黄侃嗜酒如命,一听这怒气全消。此后,居正东山再起,黄侃反倒不去走动了;倒是居正常到量守庐造访黄侃。居正问黄侃何以如此,黄说:"君今非昔比,宾客盈门,权高位重,我岂能做攀附之徒!"

辛亥革命后,袁世凯筹谋称帝,赠黄侃3000元大洋和一枚金质嘉禾章,授意他写《劝进书》。大洋,黄侃照单全收,用于游山玩水;《劝进书》只字不写,并把那枚金质嘉禾章挂在家中猫的脖子上。

明人张岱言:"人无癖,不可与交,以其无深情也;人无疵,不可与交,以其无真气也。"观黄侃一生,虽狂放不羁,多有瑕疵,但正学以言,大节不亏。著名语言学家徐复在谈论黄侃一生时说黄侃"为一个世纪的学者们做出不媚俗、不媚奴、不阿贵、不阿众、是所是、非所非、爱所爱、憎所憎的典型中国文人的崇高榜样"。

追影：
真名士自风流

## 刘师培：读书人的种子

刘师培（1884—1919）

1907年，刘师培携母带妻，与同盟会会员苏曼殊一起东渡日本。章太炎得知消息后手舞足蹈，哈哈大笑，说："申叔（刘师培的字）来了，吾道不孤矣！"汪精卫问："申叔是何人，使你如此欣喜？"章太炎说："你不知道，此人是真正的绝世之才，国学界的凤凰，革命派中的狂人，更难得的是，他的年龄只有22岁。"汪精卫诧异道："22岁？那他的学问能有多高，竟可称为国学界的凤凰？"章太炎笑而不答，一副极陶醉的样子，继而闭目自吟道："刘生今健在，东亚一卢骚（即卢梭）；赤手锄非种，黄魂赋大招；人权光旧物，佛力怖群妖；倒挽天瓢水，回倾学海潮。"吟完，忽然睁大双眼，说："这是别人赞他的诗，将他比作东亚的卢骚，你说他厉害不厉害？"章太炎素以狂狷闻名，当世之人没有几个他能看上眼的，但唯独对刘师培青眼有加。刘师培何许人也？

# 第一章 逸事

刘师培,字申叔,号左盦,江苏仪征人。出身传统经学之家,自幼熟读经史子集,聪明过人,记忆力极强。"为人虽短视口吃,而敏捷过诸父,一目辄十行下,记诵久而弗渝。"刘师培在北大教书时,体弱多病,但记忆力却不减当年。时常致函扬州家中索取典籍,说明在何橱何格、何排何册,家人一索即得,从无误记。刘师培授课时总是两手空空,不带片纸只字,信手拈来。哲学家冯友兰回忆当时上课的情形:"当时觉得他(刘师培)的水平确实高,像个老教授的样子,虽然他当时还是中年。他上课既不带书,也不带卡片,随便谈起来,就头头是道。援引资料,都是随口背诵。当时学生都很佩服。"

刘师培以一笔烂字出名。据说当年他考秀才时,主考官形容"字如花蚊脚,丑细不成书"。本不欲录取,但见其诗中有"木兰已老吾犹残,笑指花枝空自疑"这样的佳句,最后破格录取为第一名。在北大当教授时,刘师培的字被公认为倒数第一。他最怕在黑板上写字,不得已偶尔写一二字,也多是残缺不全。一次,陈独秀来听课。一堂课下来,刘师培在黑板上只写了一个"日"字,而且是用粉笔画了个圈,中间胡乱地加了一点。

刘师培为人不修边幅,蓬头垢面,衣履不整,看上去活像一个疯子。他住在北京白庙胡同大同公寓时,一日,教育部旧同僚易克臬来访。见他一边看书,一边吃馒头,面前摆着一碟酱油。由于他看书认真以至于将馒头在墨盒里蘸着吃,嘴和脸涂得一片漆黑。

刘师培初到北大时疾病缠身,走起路来弱不禁风、摇摇欲倒。文科学长陈独秀特准他刮风下雨请假不来。在北大,刘师培"讲学而不论政",除教学和研究活动外,平时不大在校园中露面。他说,因"抱疾岁余,闭关谢客,于校中教员素鲜接洽"。当时他与今文学家崔适住对门。二人平时见面彼此恭恭敬敬,互称先生,且伴以鞠躬。但是一旦到了课堂上总是互相攻击对方,毫不留情。1919年11月20日,刘师培因肺结核病逝于北京,享年36岁。

刘师培一生备受争议。作为国学大师,他与章太炎齐名,被称为扬州学派的"殿军"。作为经学大师,他在继承《左氏》家学的同时,将近代西方社会科学研究方法和成果,吸收到中国传统文化研究中来,开拓了传统文化研究的新境界,堪称是中国近代完全应用西学探讨先秦诸子学术思想的"第一人"。但刘师培在政治上的表现令人失望,他最初曾加入光复会及蔡元培主持的"暗杀团",是十足的革命党人;东渡日本后成为无政府主义者;后来终于沦为清廷幕僚,成为筹安会"六君子"之一,支持袁世凯称帝,遭世人唾弃。

1917年蔡元培出任北大校长,力排众议聘刘师培为文科教授,为的是"为中国保留一二读书种子"。就刘师培在晚清一代的学术成就、学术影响、学术贡献而言,他堪称是"读书人的种子"。

# 第一章 逸事

## 蔡元培的人情底线

常言道,皇帝也有穷亲戚。中国人历来讲究人情世故,所以生活中我们常能听到某某人重乡情、某某人念旧恩、某某人肯为亲戚朋友办事这样的赞誉;相反对于那些薄情寡义、刻薄寡恩的人,人们则加以贬斥。这样做的结果就是,在人情这个问题上人们往往不得不有所顾忌。蔡元培,这位被毛泽东称为"学界泰斗、人世楷模"的大贤面对人情同样也是难以免俗。

蔡元培(1868—1940)

辛亥革命后,蔡元培曾任国府委员、监察院院长、司法部部长、教育总长、大学院院长、中研院院长、北京大学校长、北京图书馆馆长等多重职务,可谓"位高权重",然而他并不习惯这种生活。他说:"不知每天要见多少不愿见的人,说多少不愿说的话,看多少不愿看的信,想腾出一两个钟点看看书也做不到,真是痛苦极了。"为此,他发布了一个"三不启事":不兼职、不写稿、不介绍职业。启事发布后,很多人认为蔡元培"不通人情"。在强大的世俗面前,蔡元培的"三不启事"成为一纸空文。对于兼职,尽管他先后辞去了23个职务,但依然有许多重要头衔辞不掉;说到写稿,蔡元培"有求必应",凡是著一本书请他作序或题签,他没有不答应的;至于介绍职业,更是来者不拒,以至于有人认为他的八行推荐书近乎泛滥。

蔡元培之所以在人情上不能免俗,原因在于社会世俗的力量太强大。他自己虽然俭约自励,但对于故旧亲戚却无法真正地拒绝,所以他只能尽力周济扶助,且自以为合乎中庸之道。但是,如果因此就以为蔡元培在人情上是毫无原则的,那么就大错特错了。对于那些前来找他推荐工作的北大毕业生,蔡元培的确是有求必应、来者不拒,但蔡元培也绝非毫无原则。他写介绍信有两种情况不写:真正无把握的不写,绝对有把握的也不写,最愿意写的是"有""无"之间的这种。而且蔡元培写介绍信的方式也有两种:一种是亲笔的,一种是签名盖章的。亲笔的信他主观上是冀其必成的;签名盖章的信虽负介绍之责,但录用与否,在客观上还请受信的人予以权衡。事实上,蔡元培写的最多的是后一种信。

对于自己的那帮故旧亲戚托他谋事,蔡元培一般都会尽力为之。但是,蔡元培为他们找的工作多半都是办事员、书记、科员或编译之类的小职,他这样做的目的是为了让他们去实干苦干。实在干不下去了,他再另行设法予以解决。即便如此,蔡元培还是会说"不"。有一位马君,北大俄文系毕业,与蔡元培是表亲。他幼年丧父,赖蔡元培养育得以成才。有一年,此君忽遭失业。那时蔡元培兼任国民政府委员,按规定每位委员可随带一位秘书。马君知道蔡元培尚无秘书,于是向蔡元培提出:"鹤卿表伯,听说每位国府委员都可以用一个秘书,我现在正在赋闲,为您方便起见,可否将这个秘书赐给我。"谁知,蔡元培听后大怒:"你每次来谋事,我没有一次不给你想办法,但你也不可硬枝枝地要我做我不愿意做的事啊!"

见蔡元培时常苦于为亲戚谋事,夫人语重心长地对他说:"总计绍兴、苏州以及江西的亲戚们经常来此谋事而又无法拒绝的充其量不过十几个人,在这十几个人中,也不乏可以造就的。何勿择其中最优秀的替他谋一独当一面的事,其余的由他负责去安顿好了。免得他们不时来麻烦你,而你也可以免了老拿面子向人家前面碰撞。"蔡元培听完夫人的话,先是不吭一声,过了一会儿又说:"不可。"夫人问:"为何?"蔡元培说:"学生都是人才,亲戚都是庸才。"可见,蔡元培在人情这个问题上是有他的底线的,那就是无论是举荐人才,还是替亲戚谋事,他都是本着一颗公心。

# 胡适少读禁书

胡适（1891—1962）

某种程度上讲，一个人的阅读史也就是他的精神成长史，这点在人年轻时表现得尤为突出。一个人早年读什么书，那是会影响此后整个一生的。早年读书记忆力最强，读后印象最深，且伴随着精神的发育，可以为一生打下思想的底色。胡适正是如此。

胡适，1891年12月17日出生于上海大东门外的一个小茶叶店。三岁挂零时，即进入四叔胡介如的家塾开始了他的读书生活。在私塾里，胡适先后读了《孝经》、《小学》、《论语》、《孟子》、《大学》、《中庸》、《诗经》、《书经》、《易经》、《礼记》、《幼学琼林》等。胡适因为入学前已跟母亲认识700多字，加之父亲又为他编了四言韵文《学为人诗》、《原学》，所以学起这些四书五经并不感到困难。而且，他认为朱熹的注句句入情入理。他最喜欢朱子《小学》里记述古人行事的文字，觉得那些语句不仅易懂，而且饶有趣味。这样一来，胡适无形之中就受到了先贤的精神感染，树立了远大的人生目标。

1901年，胡适的二哥洪骍从上海回老家过年。一天，他看到胡适在读《御批通鉴辑览》，大吃一惊，就跟胡适说："你与其东一榔头西一棒槌地读《御批通鉴辑览》，还不如先看《资治通鉴》，读一点历史故事。"于是，胡适便开始读司马光的《资治通鉴》。很快胡适就喜欢上了历史书，开始对学问产生了兴趣。

除了四书五经和史书外，胡适还喜欢读小说。1899年春天的一天，九岁的胡适在四叔家卧房的一堆废纸中意外发现了一本无头无尾的破损书，一开始就是"李逵打死殷天锡"。等胡适一口气读完这本残书后，才知道那就是《水浒》。从那以后，胡适便对小说开始着迷，到处向人借小说看。《红楼梦》、《儒林外史》、《聊斋志异》等都是这一时期看的，总数有30多部。尤其值得一提的是，胡适不仅自己读小说，而且还能给别人讲小说。他曾先后为自己本家的几位年长的姐妹讲《聊斋》中的《画皮》、《凤仙》、《莲香》、《张鸿渐》、《江城》等故事。胡适讲故事时会将书中的文言文翻译成本地土话，结果浅显易懂，姐妹们常常听得如醉如痴。通过读小说以及讲小说，胡适不知不觉中受到了白话文训练，从而为他之后倡导的白话文改革打下了基础。

明末才子金圣叹曾说："雪夜闭门读禁书，人生一大快事。"禁书之所以引人入胜，就在于它是禁书。越是禁书越想读，尤其是当人年轻时。胡适有一位族叔叫胡近仁，只年长胡适五岁，常借书给胡适看，二人关系甚好。胡近仁手头有一本情痴反正道人写的《肉蒲团》。《肉蒲团》是一部内容淫秽的书，问世以来一直遭到禁毁。听说胡近仁有此禁书，胡适便想借来一看。起初，胡近仁不给，但越说不能看胡适便越想看。经过一番死缠硬磨，胡近仁只好答应借给胡适看。一天晚上，等母亲睡熟后，胡适便拿出《肉蒲团》看了起来。由于书是石印小字，加之灯光昏暗，还通宵夜读，第二天胡适的眼睛就红肿得像个桃子。胡适本来就有眼病,这样一来,病情更加严重了。最后,还是母亲用舌头舔好了他的眼病。

对于自己少读禁书的这段经历,胡适后来在日记中这样写道:"然以家人干涉之故,所读小说皆偷读者也。其流毒所及盖有二害,终身不能挽救也。一则所得小说良莠不齐,中多淫书,如《肉蒲团》之类,害余不浅。倘家人不以小说为禁物而善为选择,则此害可免矣。二则余常于夜深人静后偷读小说,其石印小字之书伤目力最深,至今受其影响。"胡适一方面对自己的行为表示懊悔,一方面又强调读书不应人为地事先划定范围,这与他一生倡导的"容忍与自由"正好暗合。

# 第一章 逸事

## 胡适写诗戏悼钱玄同

胡适与钱玄同同为北大卯字号同事。他二人的友谊始于五四前夕,延伸至20世纪30年代。在20多年的交往中,胡、钱二人虽然在一些具体问题上主张相左、意见分歧,且学术历程、文化背景、性格特征等方面存在诸多差异,但这丝毫不影响他们在相互理解、相互敬重和相互支持下,为一个共同的目标而呐喊、奋斗。作为《新青年》杂志的同人,胡适与钱玄同互相唱和、亲密合作,两人同守旧势力代表林纾围绕"白话文学"展开激烈争论,最终取得决定性胜利,共同为中国新文化事业做出了巨大贡献。

钱玄同出自章太炎门下,与乃师的恃才傲物、目无余子一样,钱玄同思想激进、言辞偏激。为表示对封建遗老的憎恶,钱玄同曾愤言:"人到40岁就该死,不死也该枪毙。"钱玄同说这话显然是为了彰显自己坚决、彻底的激进态度,可是当他说这话时他大概忘

钱玄同(1887—1939)

了一个事实,那就是他自己也有变老的一天。钱玄同冒天下之大不韪,信口说出的这句话为自己日后留下了口实、把柄,从而引发了一个又一个的麻烦。

1927年9月12日,钱玄同40岁生日。出于对钱玄同昔日说下海口大话的戏弄,胡适纠集了周作人等一大帮知名文人,欲在《语丝》杂志上编一期"钱玄同先生成仁专号"。为此,他们煞有介事地写讣告、撰挽联、赋悼词。后来,由于张作霖进京自称大元帅,白色恐怖笼罩,为避免引起不必要的麻烦,这个专号没有刊行。钱玄同侥幸躲过一劫。谁知,一年后胡适再次旧事重提。

1928年9月12日,钱玄同41周岁寿辰,胡适特意作了一首言辞幽默的打油诗《亡友钱玄同先生周年纪念歌》寄给他,全诗如下:

该死的钱玄同,"怎会至今未死"!一生专杀古人,去年轮着自己。可惜刀子不快,又嫌投水可耻,这样那样迟疑,过了九月十二。可惜我不在场,不曾来监斩你。今年忽然来信,要作"成仁纪念"。这个倒也不难,请先读《封神传》;回家去挖一坑,好好睡在里面,用草盖在身上,脚前点灯一盏,草上再撒把米,——瞒得阎王鬼判,瞒得四方学者,哀悼成仁大典,年年九月十二,到处念经拜签,度你早早升天,免在地狱捣乱。

胡适这首打油诗虽然带有开玩笑的意思,但是却也将钱玄同的个性淋漓尽致地刻画了出来,所以钱玄同读后哭笑不得。

钱玄同过了40岁,可是他并没有死;非但没有死,相反还活得很滋润。为了不让别人说他食言,钱玄同废"钱"姓而以"疑古玄同"为名。如此一番掩饰之后,钱玄同便心安理得地静居书斋,享受教授清福。

1939年1月17日,钱玄同因忽发脑出血在北京遽然逝世,享年52岁。钱玄同去世后,胡适回想起自己与钱玄同20多年的友谊,忍不住又抄录了那首打油诗,以此来表达对这位亡友的纪念。1947年4月,北京师范大学举行钱玄同和高步瀛两人的追悼会,胡适在追悼会上发表讲话,称赞钱玄同是"南方学人的典型"。

# 胡适与蒋介石的一次交锋

1958年4月10日上午,台北"中央研究院"史语所考古馆楼上群贤毕至、大师云集。胡适就任"中央研究院"院长的就职典礼在这里隆重举行。随后召开了"中央研究院"第三次院士会议。蒋介石"总统"与陈诚"副总统"到会祝贺。

胡适以"中央研究院"新院长身份宣布院士会议召开,首先邀请蒋介石致辞。蒋介石事先并没有准备讲稿,所以是即兴讲话。蒋介石在致辞中说:"我对胡先生,不但佩服他的学问,他的道德品格我尤其佩服。不过只有一件事,我在这里愿意向胡先生一提,那就是关于提倡'打倒孔家店'。当我年轻之时,也曾十分相信,不过随着年纪增长,阅历增多,才知道'孔家店'不应该被打倒,因为里面确有不少很有价值的东西。"讲完这些后,蒋介石接着对"中央研究院"工作提出明确要求,"'中央研究院'不但为全国学术之最高研究机构,且应担负起复兴民族文化之艰巨任务",要配合当局"早日完成反共抗俄使命"。

蒋介石讲完话后,胡适站起来答话。他一开口就说:"总统,你错了。"胡适的话让大家瞠目结舌,脸色都凝住了,会场气氛顿时变得非常紧张。这时只见胡适温文尔雅地说道:"承总统对我如此的称赞,我实在不敢当,在这里仍必须谢谢总统。不过对于'打倒孔家店'一事,恐怕总统是误会了我的意思。我所谓的打倒,是'打倒孔家店'的权威性、神秘性,世界任何的思想学说,凡是不允许人家怀疑的、批评的,我都要打倒。"对于蒋介石对"中央研究院"提出的任务,胡适同样表示不认可。他说:"我个人认为,我们学术界和'中央研究院'挑起反共复国的任务,我们所做的工作还是在学术上,我们要提倡学术。"胡适言下之意就是,要怎样走"学术的路",这是学术界自己的事,与政治领域最高领导者无关。

蒋介石听完胡适这番讲话后,立即怫然作色,站起身来当场便要走,幸亏坐在他旁边的陈诚反应及时,赶快将其拉住坐下,这样蒋介石才硬着头皮勉强参加完会议。要知道,蒋介石当时在台湾正处于威权时期,一言九鼎,别说是当面顶撞,就是提一点温和的小建议动辄也会"龙颜大怒"。可是胡适为了学术的自由与独立却偏偏与他公开交锋、叫板,这实在让他在众人面前大失颜面。蒋介石认为胡适在如此正式的场合当众"纠正"自己,是在向自己的权威挑战,是对自己的一种公开、公然蔑视。蒋介石将这件事引为是奇耻大辱,以至于夜不成寐,在当天的日记中写道:

今天实为我平生所遭遇的第二次最大的横逆之来。第一次乃是民国十五年冬、十六年初在武汉受鲍尔廷宴会中之侮辱。而今天在中央研究院听胡适就职典礼中之答拜的侮辱,亦可说是求全之毁,我不知其人之狂妄荒谬至此,真是一狂人。今后又增我一次交友不易之经验。而我轻交过誉，待人过厚，反为人所轻侮，应切戒之。惟仍恐其心理病态已深，不久于人世为虑也。十时，到南港中央研究院参加院长就职典礼，致辞约半小时，闻胡答辞为憾，但对其仍礼遇不予计较……因胡事终日抑郁，服药后方可安眠。（蒋介石日记，1958年4月10日）

从事发到第二天仍需服用安眠药才能入睡，足见此事对蒋介石刺激之深。碍于各种原因蒋介石虽然表面上没有对胡适进行明显的报复，但是在内心深处无疑是将胡适"打入另册"。此后，在胡适担任"中央研究院"院长长达三年多的任期内蒋介石再未来过南港。

# 第一章 逸事

## 陈寅恪逸事

根据鲁迅日记，1915年4月6日鲁迅"赠陈寅恪《域外小说》第一集、第二集，《炭画》各一册，齐寿山《炭画》一册"。但陈寅恪从来不谈此事。有人问起，他说，鲁迅名气大，谈这些会有攀附之嫌。陈寅恪在柏林时，和周恩来在同一张桌子上吃过饭；在北京时，与蔡锷有过往来……对于这些常人看来脸上贴金的事，陈寅恪向来很少向外人说起。

1926年，陈寅恪执教于清华国学研究院。他上课喜欢用布包装着相关书籍资料，一进课堂便将布包摊在讲台上。有意思的是他备有一黄一黑两只布包，凡上佛经文学、禅宗文学必用黄布包，讲授其他课程则用黑布包。

1928年，罗家伦出任清华大学校长。一到任就去拜访陈寅恪。当时陈寅恪的一些弟子也在场。罗家伦送给陈寅恪一本他编的《科学与玄学》。陈寅恪随手翻了翻

陈寅恪（1890—1969）

说:"志希(罗家伦,字志希),我送你一联如何?"罗家伦说:"甚好,我即刻去买上好的宣纸来。"陈寅恪说:"不用了,你听着,'不通家法科学玄学,语无伦次中文西文'。"上下联中,正好将罗家伦名字中的"家"、"伦"二字嵌入,可谓绝妙。罗家伦听罢,大笑不止。这时陈寅恪又说:"我再送你一个匾额——'儒将风流'。"见罗家伦不解,陈寅恪笑着解释说:"你在北伐军中官拜少将,不是儒将吗?你讨了个漂亮太太,正是风流。"

1941年底,太平洋战争爆发,陈寅恪一家困居香港,食品奇缺。一位日本学者写信给日军军部希望不要为难陈寅恪。军部于是给香港司令部行文,令司令部派宪兵为陈寅恪送去多袋面粉意欲拉拢,但陈寅恪与夫人坚拒,不吃嗟来之食。另,抗战时期,蒋介石几次辗转托人请陈寅恪写《唐太宗传》,陈寅恪坚决拒绝。

1945年,季羡林结束十年留德生涯,准备回国,听说陈寅恪在伦敦治疗目疾,便写信向他汇报学习情况。陈寅恪本不了解季羡林的学业,但听说季羡林的指导老师瓦尔德施米特是自己的同学,便马上复长函鼓励季羡林,并热情将季羡林推荐给胡适,从而使季羡林顺利地到北大当了教授。后来陈寅恪读了季羡林的论文《浮屠与佛》大加赞赏,推荐给《中央研究院史语所集刊》,更使季羡林"一登龙门,身价百倍"。季羡林晚年追忆陈寅恪时深情地说:"如果没有他的影响的话,我不会走上现在走的这一条治学道路,也同样来不了北大。"

50年代陈寅恪担任岭南大学中文、历史两系合聘教授,他当时为学生开设的课程主要有两晋南北朝史、唐史、唐代乐府等,由于内容深奥很多学生都不敢选修他的课。每门课程最多也就五六个人,有时甚至只有一个人。但陈寅恪仍认真开课,绝不马虎。每一节课都进行精心准备,开列许多参考书目,讲课要点也会工工整整让人抄写在走廊的黑板上。双眼失明加上腿脚也不方便,陈寅恪平时多在寓所楼下读书研究,但每逢学生到家里来听课,他就自己拄杖扶梯缓步上楼,将唐装换成长衫,然后才缓缓下楼授课。

1955年,时任广东省文化厅厅长的杜国庠同志打电话给王则楚,希望与陈寅恪先生见见面。王则楚想陈先生的脾气很大,不一定答应会面,就回答说自己先去联系一下。王则楚向陈寅恪转达了杜国庠的意愿后,陈寅恪说:"杜国庠倒是个读书人,可以和他见面谈谈。"

有一位大师说过这样一段话:"吾侪虽事学问,而决不可倚学问以谋生,道德尤不济饥寒。要当于学问道德之外,另谋求生之地,经商最妙。"说这话的人不是别人,正是陈寅恪。

## 马一浮：自建生圹的国学大师

马一浮（1883—1967）

一般说来，中国人是忌讳谈死的。这从孔子的"子不语怪力乱神"以及"未知生焉知死"就能看出。但是也不尽然，历史上总有那么一小撮人，因为智慧超群，故能逆流而上、一反传统，向死而生，马一浮就是其中一位。

马一浮，名浮，字一浮，号湛翁，浙江绍兴人，我国著名的国学大师、理学家、佛学家。梁漱溟称其是"千年国粹，一代儒宗"；周恩来称赞他"现代中国的理学家"。马一浮先生"一生少福泽"。他11岁丧母，19岁丧父，20岁丧妻。其间，二姐、三姐又相继早逝，直至耄耋之年仍丧事不断，一生可谓痛矣。但马一浮不愧是中国传统文化的大师巨匠，他能够将生命融入学问，进而练就了一副旷达、洒脱、从容、淡定的胸怀，以至于勘破生死。

# 第一章 逸事

马一浮早年丧妻之后，不断有人前来提亲，劝他续弦，但誓不再娶。无奈之下，亲朋好友又建议他领养一个儿子，以便老来能有人养老送终，结果他一一婉谢。他说，孔子的传人不是曲阜的衍圣公，而是濂、洛、关、闽（指宋儒周敦颐、二程、张载、朱熹）；又说："他日青山埋骨后，白云无尽是儿孙。"如此旷达，实在令人叹服。

马一浮精研儒释道，对生死看得很淡。他常说："佛家讲轮回是没有根据的；道家讲修炼，对延年益寿确有好处，但终不能长生不死。"马一浮认为，死亡并不可怕，生老病死是自然规律。1958年，76岁的马一浮在杭州拱墅区半山镇马铃山自家祖坟"会稽马氏先茔"（这里葬有马一浮的父母等六具棺木）旁边为自己建了一座生圹，为的是死后能和父母葬在一起。

所谓生圹，就是生前预造的坟墓。马一浮人还未死却已为自己建好了坟墓，足见其"向死而生"态度之坚决。不仅如此，他还在自己的这座生圹前立了一块墓碑并撰写了一篇碑文《自题墓辞》：

孰宴息此山陬兮？谓其人曰马浮。老而安其茕独兮，将无欲以忘忧。学未足以名家兮，或儒墨之同流。道不可谓苟悦兮，生不可以幸求。从吾好而远俗兮，思穷玄以极幽。虽笃志而寡闻兮，固没赤而怨尤。惟适性以尽命兮，如久客之归休。委形而去兮，乘化而游。蝉蜕于兹址兮，依先人之故丘。身与名其俱泯兮，又何有夫去留。

虽然只有短短100余字，但却简洁地记述了自己一生的理想追求，客观地评价了自己的学术思想。在这篇碑文中马一浮将死亡比作蝉蜕了一层壳，人的魂魄仍悠游于太虚，做逍遥之游。至于所谓名利等也将随之泯灭，有什么值得留恋的呢？

马一浮一生虽罹遭磨难，但由于他学识渊博，故能穷理尽性、逢苦不忧。1967年2月，马一浮病逝，享年85岁。病危时他在床边枕上，以欹斜笔迹，费力地写下最后一首诗《拟告别诸亲友》："乘化吾安适,虚空任所之。形神随聚散,视听总希夷。沤灭全归海,花开正满枝。临崖挥手罢,落日下崦嵫。"这首诗自始至终都充满着一种乐观的情绪,集中地反映了作者的宇宙观、人生观、生死观。全诗意境旷达、洒脱,充分表达了诗人对生与死的必然,以及宇宙万物生生不息的自然规律的彻底了悟。只有马一浮这样的哲人才有如此博大、恢宏的胸怀,能理智、冷静、从容地去面对生死。

"沤灭全归海,花开正满枝。临崖挥手罢,落日下崦嵫。"诵其诗,念其人,不禁泫然。需要说明的是,尽管马一浮生前有交代,欲葬于马铃山先茔之侧自己生前营建的生圹里,但由于种种原因,他生前的心愿终未能实现。

# 第一章 逸事

## 民国奇人吴稚晖

他，22岁中秀才，26岁中举人；早年参加康梁"公车上书"，要求清廷变法图强；后参加孙中山同盟会，一生追随孙中山，是孙中山遗嘱的起草人和见证人之一。作为国民党"四大元老"之一，孙中山看重他，汪精卫尊重他，蒋介石对他毕生待之以师礼，蒋经国则称他是"生平最钦佩的人"。他死后，于右任担任治丧委员会主任，蒋介石主祭并题写"痛失师表"匾额，张道藩宣读祭文，蒋经国主持海葬并发表纪念长文《永远与自然同在》。蒋介石死后立铜像，唯一的一个陪祀铜像就是他。胡适称他是中国近三百年来四大反理学思想家之一，蒋梦麟说他是中国学术界一颗光芒四射的彗星。他是迄今为止唯一被联合国教科文组织授予"世界文化学术名人"称号的中国人。他就是——吴稚晖。

吴稚晖（1865—1953）

# 追影：
## 真名士自风流

吴稚晖是民国名流中的"大佬"级人物。其人性情奇崛，行为怪诞。在生活上，他生性淡泊、生活俭朴，衣食住行可圈可点。吴稚晖穿着极随便，布履布衫，家常衣服是一件青竹布长衫，外出时加件玄色马褂，一袭长袍要穿十年八年；偶尔也穿西服，却是用箭袖袍套改制的，不伦不类。吴稚晖饮食简单，爱吃大饼、油条、豆腐花，吃相也不雅，边走边吃。晚餐尤喜喝粥。通常的伙食标准是"两粥一饭，小荤大素"，从不大吃大喝。有时荤菜里肉多了几片，他便认为是浪费，月底要亲自查伙食账，再三关照要注意节俭。至于居室，则更不讲究，卧室内只有一张单人床、一个写字台、一把旧藤椅、几只来客坐的靠背椅和骨牌凳；此外就是书报杂志和一只马桶。没有沙发，没有古玩，墙上也没有名人字画。食宿、看书、写字、会客以至出恭都在其间。蒋介石与宋美龄看望他，他照样在此斗室坐骨牌凳。抗战时，当局专为他在重庆修建小楼一间，他拒不领情，而是自己在大田鸡山坡上自盖茅草屋一座，面积13平米见方。有人描述他的住所："一挂旧蚊帐，一张竹板床，一个大马桶外加一老伴。"抗战胜利后，吴稚晖在上海曾住广东路满庭芳贫民窟，与贩夫走卒、码头工人为伍，日付房钿三个铜圆。吴说，他一生住的最好居所就是吕班路的房子，非官方供给，每月自己缴租。吴稚晖一生不坐黄包车，上茶馆、跑旧书店、访友叙旧、出门授课，均安步当车。他从不坐专车，每次都由老伴搀扶着走出草屋拄着拐杖排队上公车。蒋经国晚年回忆，有人送吴稚晖一辆人力车代步。客人走后，吴令蒋找来锯子把车把锯掉，把车身拖到书房当沙发用。蒋经国不解，吴稚晖说："一个人有两条腿可以走路，何必人拉，你坐在车上被人拉着走，岂不成为四条腿？"

日常生活中吴稚晖率性而为、不拘小节。他不讲卫生，常常不洗手，十指指甲藏污纳垢。他吃生冷食物从不冲洗。头发要两三个月才理一次，且多在陋巷剃头摊上完成。他便溺不坐马桶，喜欢到野外"拉野屎"，说一可欣赏自然风光，二可有益庄稼。他晚上睡觉爱光腚，少时就有爬锡山脱得光溜溜晒太阳的爱好。他喜欢一丝不挂地独自在室内看书、写字,觉得那样自然舒服。

吴稚晖年老心花,喜谈性事,常以此为乐。他善书法尤其是小篆,一次,名医陈存仁劝他:"小篆写得慢,何不写另一种字体?"吴笑曰:"什么叫篆,只是(男女)缠缠而已。"说着他写出三个不同形状的篆体字"人"(一站立,一工作,一性交)请陈欣赏。紧接着他对陈说"女为悦己者容"的"容":"先是一点代表一个头,次是代表肩和拥抱的两只手,中间两点是胸前突出的两个东西,再下的是代表两条腿,中央的一个口子,是代表那个东西。"说到"那个东西"时,吴稚晖自己先笑了,接着又用无锡方言念他写的那首流传甚广的关于男女房事的俚歌给陈:"血气方刚,切忌连连;二十四五,不宜天天;三十以上,要像数钱;四十出头,教堂会面;五十之后,如进佛殿;六十以上,好比拜年;七十以后,解甲归田。"老友李石曾断弦欲再婚,吴稚晖写信劝曰:"老夫少妻,动都动不得。"结果,李还是娶了一位年轻太太。一次,他与李石曾及名医丁福生吃饭。席间,丁、李大谈素食的好处。丁问吴稚晖对素食有何看法。吴诡笑说:"我嘛,上头喜欢荤的,下头却吃素;石曾先生上头吃素,下头却是吃荤的。"李石曾一听顿时羞得无地自容。

吴稚晖虽然是国民党中央研究院院士,但学问是压根儿没法和梁任公、章太炎这些人比的。但即便如此,他还是动辄向学术发难。他说:"宁做没世无名小卒,不愿做乌烟瘴气的文学家。"1935年,他在一次演讲中又说:"文学不死,大难不止。"他断言"文学是胡说八道,哲学是调和现实,科学才是真情实话"。如此大言,也只有他才说得出。

吴稚晖是民国"名骂",骂人成癖。他骂过的人有:慈禧、光绪、陈宝琛、张之洞、康有为、梁启超、罗振玉、袁世凯、曹锟、章士钊、汪精卫,甚至泰戈尔。他曾经抡着拐杖追打戴笠,边追边骂,最后气呼呼地说:"可惜,撵不上这个狗杂种。"吴稚晖不满蒋介石的作为,常和冯玉祥一起,大白天提着灯笼去开会。有一次,蒋介石问他为何白天点灯笼。他模仿蒋介石的宁波腔说："娘希匹，这里太黑暗，太黑暗了。"还有一次，蒋介石偕宋美龄去拜访他，他不喜欢宋美龄的打扮，于是命令家人锁门关窗。蒋介石的侍卫在外面叫了半天门，不见动静，正要离开，突见吴稚晖推开窗户，指着蒋宋大喊："吴稚晖不在家！"

孙中山病逝北平后，吴稚晖受孙中山之托，在北平南小街创办海外补习学校，教育国民党高干子弟。学生20余人，有孙科的儿子孙治平、孙治强，汪精卫的儿子汪文婴、女儿汪文恂，李济深的女儿李筱梅以及蒋经国。吴稚晖规定语文课要写作文，而且必须用毛笔写。孙中山的两个孙子孙治平、孙治强不肯写，说用毛笔写文章是秘书做的事。吴稚晖很生气，当即写了一首唐诗："朱雀桥边野草花，乌衣巷口夕阳斜。旧时王谢堂前燕，飞入寻常百姓家。"叫他们抄写下来，带回家同家长一道体会诗中蕴含的道理。

1948年，已经83岁高龄的吴稚晖仍然在教课。有一天晚上他正讲课，突然晕倒。苏醒过来后，女儿劝他不要再教书卖字了，说你偌大年纪还这样劳苦，连做你的女儿也要给人笑话。吴稚晖说："有什么可笑话的？做做吃吃，死了你把我的骨头磨成粉，掺在茅厕里做肥料，你就是孝女！"吴稚晖一生不愿见医生，他说"医生都是牛头马面，阎王爷的帮凶"。后来他病得实在不行了，家人强迫他治疗，吴稚晖生气地表示："可以去见阎王了。"1953年，吴稚晖病逝于台湾，时年88岁。

第一章 逸事

## 钱穆的最后一课

国学大师钱穆一生致力于中国文化。他从青年时代起就自觉地肩负起"为往圣继绝学"的历史使命,全身心地投入捍卫和弘扬中国传统文化的行动中来,堪称是中华五千年文化坚定的守护者和传承人。1967年10月,钱穆夫妇正式迁居台湾。起初住在台北金山街,次年7月搬进位于台北双溪东吴大学校园西南角的一处幽静的小楼里。钱穆为这座小楼取名"素书楼",从此开始了他在此长达20多年的著述、讲学生涯。

钱穆(1895—1990)

住进素书楼后,钱穆深居简出、安心著述。他晚年最重要的两部著作《朱子新学案》和《晚学盲言》都是在这里完成的。《朱子新学案》是钱穆的代表作,以考据和推理而驰名国际汉学界的著名学者杨联升教授看到此书后,赞叹不已,说钱穆治中国学术思想史,"博大精深,并世无能出其右者"。

《晚学盲言》是钱穆人生最后一部著作,是其20世纪40年代以来从事中西文化异同比较研究的总结。

除了著述,钱穆晚年最重要的工作就是讲学。1969年夏,钱穆应老友张其昀再三邀请出任中国文化学院史学研究所教授。与马一浮一样,钱穆也遵照"古闻来学,未闻往教"的古训,在家开馆收徒,为中国文化学院史学研究所博士班的学生授课。当时慕名前来听课的学生远远不止史学研究所的这些博士,台湾其他大学的学生乃至社会各界人士都蜂拥而至。前来听课的学生按辈分分成不同的几桌,或坐在厅内一隅。座位通常都不够,钱穆的夫人胡美琪总是忙前忙后,一一张罗着安坐完毕,济济一堂的学生们才安静地坐着听钱穆开讲。

这时,只听钱穆对学生说:"其实我授课的目的并不是教学生,而是要招义勇兵,看看有没有人自愿牺牲要为中国文化献身!"见学生没有回应,钱穆继续说道:"数十年孤陋穷饿,于古今学术略有所窥,其得力最深者,莫如宋明儒。虽居乡僻,未尝敢一日废学;虽经乱离困厄,未尝敢一日颓其志;虽或名利当前,未尝敢动其心;虽或毁誉横生,未尝敢馁其气;虽学不足以自成立,未尝或忘先儒之矱,时切其向慕。虽垂老无以自靖献,未尝不于国家民族世道人心,自任以匹夫之有其责。"钱穆此番话如黄钟大吕,令不少学生终身铭记。

1986年6月9日,适逢钱穆92岁生日。这时已目盲力衰的钱穆决定在素书楼家中为中国文化学院史学研究所博士班的弟子们上"最后一课"。钱穆从1911年18岁任教于无锡三兼小学起,从小学教员到中学教员再到大学教授,在讲台上度过了整整75年,今天将是他最后一次讲课。消息一经传出,整个台北为之轰动。一时间各界人士都拥向素书楼,其中不少人是钱穆早年任教北大、西南联大以及香港新亚书院的学生,就连台湾政要宋楚瑜也慕名前来聆听。

钱穆的最后一课从下午开始。在课堂上他仍然像往常一样神采奕奕,用自己独特的无锡官话阐述着数十年来一直反复讲述的那些早已为人所知的道理。讲课快要结束的时候,钱穆忽然慷慨激昂地大呼道:"你是中国人,不要忘记了中国,不要一笔抹杀、全盘否定自己的文化。做人要从历史里探求本源,要在时代的变迁中肩负起维护中国历史文化的责任!"讲完这句话,钱穆挥挥手走下讲坛。1990年8月30日,钱穆在寓所平静地走完他生命的最后一刻,享年96岁。

# 潘光旦逸事

潘光旦（1899—1967）

潘光旦，别号仲昂，江苏宝山人。我国著名的社会学家、人类学家、优生学家、民族学家、教育家。生于书香世家，留学海外，成就斐然。梅贻琦的著名文章《大学一解》就是潘光旦起草的。潘光旦的一生"是为时誉所重、所毁的一生，是旧时代一个学者的狷介、真诚、浪漫而又坎坷的一生"。

1913年潘光旦考取清华留美预备学堂。因在学校跳高时受伤未能得到及时治疗，不得已截去右腿，成为"独腿客"。1921年，潘光旦拄着拐杖问代理校长严鹤龄："我一条腿能否出洋？"严不假思索："怕不合适吧，美国人会说中国人两条腿不够多，一条腿的也送来了！"潘光旦沮丧不已。后来，校长改为曹云祥，潘光旦终于得以顺利出洋。

潘光旦因缺少一只腿，走路要靠两根木拐杖支撑，徐志摩曾戏言"胡圣潘仙"。"胡圣"是指胡适；"潘仙"即指潘光旦，意思是潘光旦是八仙中的"铁拐李"。潘光旦独腿却喜欢旅游，挑战自我，"到人不到"之处，偏干一些常人认为肢残人干不了的事。有一次，他在西南联大演讲，讲到孔子时说："对于孔老夫子，我是佩服得五体投地。"说着，他看了一眼自己缺失的一条腿，更正道："讲错了，应该是四体投地。"引得同学们大笑。

潘光旦近视达1000多度，看书时眼睛几乎是贴在书本上，家人笑他是"闻书"、"舔书"。据亲人们回忆，他一天中大部分时间都是在读书或写作。由于视力差，他上班拄着拐杖，走得很快，但他看不见对面的来人。于是有人就说他架子大不理人。无奈之下，潘光旦只好每走一步就点一下头，为的是让别人认为自己是在和他打招呼。

潘光旦有才。当时许多报刊向他约稿，他穷于应付，常常是一篇文章写到一半，就被送到印刷厂。排字工人上半部分还没排完，他下半部分就写好了。因此，朋友称他是"快马"——写文章出手很快，倚马可待。

1940年，潘光旦任西南联大教务长，同时研究优生学和心理学。当时云南多鼠，潘深受其苦，只好张夹设笼进行捕捉。一日捕得硕鼠十多只，斩头剥皮，弃其内脏，洗净切成块状，请夫人做成菜。夫人皱眉问道："我们伙食虽不算好，也常有鱼有肉，今天为何叫我做这苦差事？"潘光旦解释道："我这是为了学术研究，请你一定要帮助我。"夫人无奈，只好勉为其难。夫人一向善于治馔，煮熟后果然甘香扑鼻。潘大喜，随即邀来共同研究心理学的同事和学生数人，称偶获野味，欲与诸位分享。鼠肉端上桌来，潘先生带头先吃，众宴客亦举箸共食。一客问道："此肉细嫩，味道鲜美，不知是何野味？"潘答道："鼠肉。"此话一出，举座震惊，有人顿时呕吐。潘光旦一再保证，鼠肉绝无有害健康的物质，并带头继续食用。但任凭他怎么劝说，直至餐毕，无一人再敢动筷。潘大笑道："我又在心理学上得一证明。"

潘光旦是一位刚正不阿的"不识时务"者。1935年潘光旦任清华大学教务长。一次安徽省主席刘镇华给他写信，想让自己的两个儿子到清华旁听，潘光旦婉拒："承刘主席看得起，但清华之被人瞧得上眼，全是因为它按规章制度办事，如果把这点给破了，清华不是也不值钱了吗？"14年后，最高法院院长沈钧儒通过高教会指令清华让其孙来清华旁听，潘光旦同样拒绝。潘光旦喜欢研究家谱，看了许多他姓家谱。有人送他一副对联："寻自身快乐，光他姓门楣。"潘光旦虽然喜欢研究家谱，但他并不是毫无原则地"光他姓门楣"。有一次孔祥熙托人找到潘光旦，请他证明自己是孔子的后代。潘光旦一口拒绝，说："山西没有一家是孔仲尼的后人。"惹得孔祥熙十分生气。潘光旦有一句名言："不向古人五体投地，也不受潮流的颐指气使——只知道择善而从，择不善而改。"他是这么说，也是这么做的。

1967年6月10日，潘光旦病逝，享年68岁。

## 梁启超的激情讲演

1921年,在清华学校(清华大学前身)学习的梁实秋和几个同学商议,想邀请梁启超来清华讲演。当时,梁启超的长子梁思成是梁实秋的同班同学,通过梁思成的关系,梁启超欣然接受邀请。他讲演的题目是《中国韵文里表现的情感》,分三次讲完。每次都是听者踊跃,座无虚席。

在一个风和日丽的下午,梁启超来到清华,当时,他给人的印象是:中等身材,秃头顶、宽下巴,穿着肥大的长袍,步履稳健,风神潇洒。梁启超走上讲台后,打开讲稿,眼光向下一扫满堂的听众,说了一句"启超没有什么学问——",然后眼睛向上一翻,轻轻点了下头,接着又说了一句:"可是也有一点喽!"这样的开场白别开生面,显示出梁启超既谦虚又自负的性格特点。尽管梁启超满口广东话,但他声音沉着有力,洪亮激亢,抑扬顿挫,别有魅力。更重要的是,他讲演的

梁启超(1873—1929)

内容非常生动而且深刻。

事后,梁实秋回忆道:"先生博闻强记……有时候,他背诵到酣畅处,忽然记不起下文,便用手指敲打他的秃头,敲几下之后,记忆力便又畅通,成本大套地背诵下去了。他敲头的时候,我们屏息以待,他记起来的时候,我们也跟着他欢喜。先生的讲演,到紧张处,便成为表演。他真是手之舞之、足之蹈之,有时掩面,有时顿足,有时狂笑,有时太息。听他讲到他最喜爱的《桃花扇》……他悲从中来,竟痛哭流涕而不能自已。又听他讲到杜诗'剑外忽传收蓟北,初闻涕泪沾衣裳',先生又于涕泗交流之中张口大笑了。"

梁任公的讲演空前成功,但随后到清华讲演的周作人、徐志摩就没那么理想了。周作人的讲题是《日本的小诗》,当时听者有两三百人。但周作人语音过低,乡音太重,听众大多听不懂他在讲什么,讲演不算成功。

1922年秋天,梁实秋又托梁思成跟徐志摩接洽,邀请他到清华讲演。当时,徐志摩刚从英国回来,开始在诗坛上崭露头角。梁实秋和清华文学社的不少同学喜欢写诗,都期待着能从徐志摩的讲演中得到启发。徐志摩为人热情,自然应邀,并依约来到清华小礼堂做讲演。礼堂里坐满了人,足有300人之多。徐志摩身穿绸夹袍,外加一件小背心,缀着几颗闪闪发光的纽扣,脚上穿着一双黑缎皂鞋,风度翩翩。徐志摩登上讲台后,从怀里取出一卷稿纸,大约有六七张,是用打字机打印好的,然后坐下来宣读。在宣读前,徐志摩说,他的讲题是《艺术与人生》,并表示要用英语宣读讲稿。结果,讲演效果很差,听众感到索然无味,不少人未听完便离场了。梁实秋虽说是坚持听完,但也认为"没有听懂他谈的是什么"。由于周作人、徐志摩的讲演均不成功,此后,梁实秋便不再邀请名家讲演了。

曾有人戏言:"最好的作家都是口讷之人。"纵观文学史,的确存在这种现象。据说,茅盾、巴金、沈从文、钱锺书这些大师级的作家都不善言辞。他们的口才与在文章中显露出来的文才相比,简直判若两人。难道这真像大家所说的那样"上帝给了一个人一支笔就不会再给他一张嘴"么？我看也并不尽然。林语堂就是文笔既好口才又佳；闻一多不但是位爱国诗人，他的讲演也绝对是震撼人心的。

# 梁思成的困惑

梁思成（1901—1972）

1948年底，解放军包围了北平城。城内不时地可以听到轰隆隆的炮声。此时，一代建筑大师梁思成、林徽因夫妇正居住在清华园新林院8号宅院。这是一栋西式小洋楼，坐北朝南，红砖灰瓦，两扇厚厚的铁门将喧嚣的尘世阻挡在外面。

一天，一群不速之客打破了这里往日的静谧。几名解放军同志奉毛泽东亲手起草的急令，找上门来，特意请求梁思成、林徽因在地图上标出北平城重要的古建筑，以便攻城时避免战火。原来，早在围城之初毛泽东主席就给前方做出指示，明确要求妥善保护文物，甚至要绘制出地图，好让前方战士知道哪些地方可以打，哪些地方需要保护，不能炸毁。送走解放军后，梁思成、林徽因两人激动地紧紧拥抱在一起，他们被毛泽东及解放军的这种对文化的尊重而感动。他们按捺不住内心的欣喜，不约而同地欢呼懂文化的"义师"来了。

中国的知识分子历来有一个传统,那就是一直将文化的价值看得极重。为了文化的薪火相传,他们不惜以命相争。毛泽东此举,让一向清高的梁思成、林徽因顿时产生了一种亲近感、认同感。于是,二人很快便满腔热忱地投入到共和国新国徽和人民英雄纪念碑的设计工作中去。

但是,梁思成、林徽因怎么也没有想到,事情很快就起了新变化。就在组织设计国徽的同时,中央政府开始规划建设新北京城,并邀请梁思成担任规划委员会副主任。在如何规划北京城这一问题上,梁思成与中央领导产生了严重分歧。梁思成建议完整保留老北京城。为此,他和居住在南京的曾经留学英国的著名建筑家陈占祥一起于1950年2月递交了《关于中华人民政府行政中心位置的建议》,即著名的"梁陈方案"。方案依照古今兼顾、新旧两立的原则,建议在保护北京城古都的基础上,于北京的西郊建立新的行政中心。遗憾的是"梁陈方案"没有被采纳。是另盖新城,还是利用旧城,争论一直持续了两年多。1953年11月,中共北京市委在《改建与扩建北京市规划草案要点》中,提出"要打破旧的格局给予我们的限制和束缚",明确指出行政区域要设在旧城中心,并且要在北京首先发展工业。

此后,北京城的古建筑便开始大规模地拆除。看着这些自己昔日一手绘制地图保存下来的、满载着历史记忆的古建筑一座又一座地被拆除,梁思成心急如焚。为了保护这些城墙、牌楼,梁思成四处奔走、多方求助,然而他的种种努力,却被批判为"复古主义"。眼看着地安门没有了、广安门没有了、广渠门也没有了,听着那轰隆隆的炮声,梁思成流泪了。无奈之下他只好去找周总理。周总理也无法给他满意的答复,因为毛主席已经定下调子:"古董不可不好,也不可太好。北京拆牌楼,城门打洞,也哭鼻子。这是政治问题。"1958年3月,在成都会议上,毛泽东再次提出:"拆除城墙,北京应当向天津和上海看齐。"既然毛主席都发话了,事情当然就最终拍板了。尽管梁思成有一百个不情愿、不甘心,也只能无奈地低下了头。

然而,拆去老北京城始终是梁思成心头挥之不去的一块隐痛。梁思成怎么也想不通:同样一座北京城、同样一个毛泽东,前后差别竟是如此之大?为什么攻城前毛泽东要千方百计地保护北京城,而当家做了主人后反倒要去拆北京城,这里面究竟蕴含着怎样的玄机?梁思成直到死也没有想明白。1972年,梁思成病逝。弥留之际,他说了一句话:"50年后你们会发现我是对的。"半个世纪后,真理果然站在了梁思成这边。

## 怕死学者罗尔纲

罗尔纲是我国近当代史上著名的历史学家、太平天国史研究专家、训诂学家,他是胡适的得意弟子。1930年6月罗尔纲从上海中国公学文学系毕业,同年7月即到他的老师、校长胡适先生家里工作,主要是抄录整理胡适父亲胡传(铁花)的遗集,并辅导胡适两个儿子胡祖望、胡思杜的学习;还帮胡适整理图书和做一些学术工作。罗尔纲为人木讷、诚实、勤奋,深得胡适赏识。罗尔纲在胡适家先后共待了五年之久,用他自己的话说,胡适对他的关怀——生活方面的、学问方面的和为人处世方面的——有如"煦煦春阳"。

罗尔纲一生多病。1925年暑假罗尔纲得了一场大热症,出院后,因无钱未能遵医嘱服配补品。到秋天开学时不能返校上学,只得回他的家乡广西贵县(今贵港市)。开

罗尔纲(1901—1997)

船后遇大风，晕船呕吐不止，在船上又得了虚脱病症。到家后病更重，接着患神经衰弱、胃病等症。有段时期罗尔纲病得非常严重，自己以为生命是没有什么希望了。1929年以后，罗尔纲虽然身体康复，但死亡的阴影始终威慑着他。罗尔纲最怕提到"死"字，最怕看见棺材，在他那虚弱多病的身心里，常常怀着对死亡的恐惧。

后来胡适看出了罗尔纲这种怕死的心理，他就教训罗尔纲说："你见过张菊生先生的。他青年时也很多病，因为善于保养，所以现在到了高年，身体还很好。一个人要有生命的信心，千万莫要存着怕死的念头。怕死的人常常不免短命，有生命自信的人，精神才会康健的。"胡适提到的张菊生先生即张元济。张元济是戊戌维新的要人，政变后创办商务印书馆，是中国出版界的一位元勋人物。胡适把罗尔纲介绍给张元济，并说"我的朋友罗尔纲"，还随口夸奖了几句，年高德劭、神采奕奕的张元济遂向罗尔纲还礼。关于这一点，罗尔纲自己曾说："适之师爱护一个青年人的自尊心，不让他发生变态的心理，竟体贴到了这个地步，叫我一想起就感激到流起眼泪来。我还不曾见过如此的一个厚德君子之风，抱热诚以鼓舞人，怀谦虚以礼下人，存慈爱以体恤人；使我置身其中，感觉到一种奋发的、淳厚的有如融融的春日般的安慰。"

罗尔纲自从听了胡适的这番劝诫以后，每逢遇到心理发生怕死的恐怖，就立刻想到那天张元济给他的印象，生命便能增加一种鼓舞力。这样到了1934年时，罗尔纲的健康慢慢恢复了。但是抗战时期，罗尔纲又得了急性胃肠炎，久治不好。于是他决定自己看医书，自己给自己治病。他把自己的"病"作为研究"对象"，对照中医书，不断研究探索，自己开药方吃药实验，结果治好了病。以后他又得了别的病，他也以此来"抗病"。《生涯六记》是罗尔纲的一本自传，里边含《童年记》、《学徒记》、《改造记》、《探索记》、《考证记》和《抗病记》，其中《抗病记》写的就是自己如何克服死亡的恐惧、战胜疾病的心得。

药王孙思邈在回答别人如何养生时这样说："天有盈虚,人有屯危,不自慎,不能济也,故养性必先知自慎也。慎以畏为本,太上畏道,其次畏天,其次畏物,其次畏人,其次畏身。忧于身者不拘于人,畏于己者不制于彼,慎于小者不惧于大,戒于近者不侮于远,知此则人事毕矣。"罗尔纲正是因为深明孙思邈的"五畏",乐天知命、顺天应命,虽然一生多病,但最终却能以97岁高龄辞世,从而成为学术史上的一代宗师。

追影:
真名士自風流

## 狂狷钱锺书

钱锺书(1910—1998)

世间有一种人外表温软,但内心实则十分强悍,钱锺书即是一例。钱锺书字默存,据说,是因为他小时候口无遮拦,常得罪人,为此父亲钱基博特地为他改字"默存",意思是告诫他缄默无言、存念于心。钱锺书表面看着是一个谦虚、温和的人,其实不然,他骨子里有传统士人的那种倔强与狂狷。

1933年夏,钱锺书清华即将毕业,外文系的教授都希望他进研究院继续研究英国文学,为新成立的西洋文学研究所增加光彩,可是他一口拒绝了,他对人家说:"整个清华没有一个教授够资格当钱某人的导师。"1938年钱锺书从欧洲返国,西南联大正式延聘他为外文系正教授,这在当时是破格聘用,因为他只有28岁。如此礼遇可谓厚矣。但他在西南联大并不愉快,只教了一年即离开了。他离开时曾扬言:"西南联大外文系根本不行,叶公超太懒,吴宓太笨,陈福田太俗。"1980年后法国及美国很多著名大学邀请钱锺书去讲学,他都先后一一拒绝了。他说:"七十之年,不再走江湖了。"钱锺书不愿在清华读研究所,不愿在牛津与人合作写书,不愿长期待在西南联大,所有这些都与他狂狷的性格有关。

钱锺书自视甚高、性情狷介,对同辈学人多有臧否。在《林纾的翻译》中他刻薄道:"假如有人做一个试验,向他说:不错!比起先生的古文来,先生的诗的确只是'狗吠驴鸣',先生的翻译像更卑微的动物——譬如'癞蟆?——的叫声',他将怎样反应呢?是欣然引为知己?还是怫然'痛争',反过来替自己的诗和翻译辩护?"

对胡适派的文学史考证和陈寅恪式的以诗证史,钱锺书均深致不满。1978年他在意大利所作《古典文学研究在现代中国》演讲有云:"在解放前的中国,清代'朴学'的尚未削减的权威,配合了新从欧美进口的这种实证主义的声势,本地传统和外来风气一见如故,相得益彰,使文学研究和考据几乎成为同义名词,使考据和'科学方法'几乎成为同义名词。那时候,只有对作者事迹、作品版本的考订,以及通过考订对作品本事的索隐,才算是严肃的'科学的'文学研究。一切文学批评只是'辞章之学',说不上'研究'的。"这最可见他对胡适派学风的不满,同时亦显示,他本人的学问取向正是所谓"辞章之学"。又指:"解放前有位大学者在讨论白居易《长恨歌》时,花费博学和细心来解答'杨贵妃入宫时是否处女?'的问题——一个比'济慈喝什么稀饭?''普希金抽不抽烟?'等西方研究的话柄更无谓的问题。"显然,钱锺书这里是针对陈寅恪而言。

林语堂可谓"文坛名宿",但同样遭到了钱锺书的贬损。林语堂提倡幽默文学,钱锺书大加嘲讽:"自从幽默文学提倡以来,卖笑变成了文人的职业。幽默当然用笑来发泄,但是笑未必就表示着幽默。刘继庄《广阳杂记》云:'驴鸣似哭,马鸣如笑',二马并不以幽默名家,大约是因为脸太长的缘故……所以幽默提倡以来,并不产生幽默家,只添了无数弄笔墨的小花脸。"批评辛辣尖刻,毫不给面子,而林氏只得默对。

## 追影:
### 真名士自風流

1992年11月,安迪先生到钱锺书府上拜望,向他请教对几位文化名人的看法,结果,评价几乎都是负面的:"对王国维,钱先生说一向不喜欢此人的著作。……对陈寅恪,钱先生说陈不必为柳如是写那么大的书。……对张爱玲,钱先生很不以为然。……而关于鲁迅,钱先生说'鲁迅的短篇小说写得非常好',可是又马上补充说'他只适宜写短的,《阿Q正传》便显得太长了,应加以修剪才好。'"

钱锺书有时也后悔自己的狂狷。早年,他曾戏谑他的老师吴宓并取笑吴宓的老情人毛彦文是"徐娘"。钱氏晚年对此羞愧不已,他说:"我年轻不懂事,又喜欢开玩笑,加之同学的鼓动,常常卖弄才情和耍弄小聪明……我写文章只顾一时取乐,却万万没想到当年这篇文字会让吴宓老师那么伤透了心!自己的罪过不能逃脱,真该一把火烧光纸笔算了!……后来吴宓老师对我大度包容,我们的关系和当年一样好。但我现在很内疚,没有任何办法去弥补我从前的过错,只有惭愧后悔的份儿了。如果您能够把我这封信附录进日记里,让大家知道我这老家伙还不是不明白人间有羞耻事,我这个老学生或许还能免予被师门除名。"这段文字折射出钱锺书的坦荡,不失为性情中人。

钱锺书的狂狷绝非通常意义上讲的那种目空一切的狂妄,相反,那是一种真性情的自然流露。那里面有德识学养、才情胆略,更有精神风骨。钱基博与章士钊为旧友,曾去函命钱锺书就近拜访,而他未从;以后他鄙薄章氏《柳文指要》一书,表示"当年遵先君命,今日必后悔"。20世纪50年代初钱锺书奉调《毛泽东选集》英译委员会,有旧识专程恭维,他乃谓:"他以为我要做'南书房行走'了。这件事不是好做的,不求有功,但求无过。"晚年,钱锺书专注学问,淡泊名利,逸事颇多。黄永玉先生曾描述过这样一个细节:有权威人士为表礼贤下士,大年初二去给钱锺书拜年。敲开门一边说着"春节好"之类的话,一边正要跨进门,不想钱锺书却将此人堵在门口说:"谢谢!谢谢!我很忙,我很忙!"

# 第一章 逸事

## 沈从文的自负

沈从文留给世人的印象是：坚强、隐忍、谦卑、谨慎。他待人谦和、处事低调，尤其是晚年慈祥得简直像一位老太太。然而，我在阅读沈从文的过程中，总感觉沈从文骨子里有一种倔强、强大和自负。谦卑的外表难以掩饰他内心深处与生俱来的那种自负。事实上他的确是一个相当自负的人。

1923年，21岁的沈从文怀揣着青春的梦想以及对文学的满腔热忱，从遥远的边城投奔京城而来，加入到"北漂"的行列。当他一下火车立刻就被眼前城市的景象所吸引。于是他站在月台上自负地说了一句话："我是来征服你的。"京城米贵，居之不易。但此后沈从文硬是凭借着自身的努力，不但站稳了脚跟，而且成为京城大腕，实现了自己的誓言。

1934年1月18日，沈从文在致张兆和的一封信中写道："我看了一下自己的文章，说句公平话，我实在是比某些时下的所谓的

沈从文（1902—1988）

作家高一筹的。我的工作行将超越一切而上。我的作品会比这些人的作品更传得久、播得远。我没有办法拒绝。"沈从文是何等的自负,他不但认为自己的作品比别人强,而且天才般地预见了自己的作品会长存甚至不朽。事实证明,他说得没错。沈从文作为20世纪中国最优秀的文学家之一曾两度被提名为诺贝尔文学奖候选人,他的作品《边城》、《湘西》等影响了至今在内的一代又一代人,这绝不是偶然的。

1947年,沈从文在《八骏图》自存本上做出过这样的题识:"从这个集子所涉及的问题、社会认识,以及其他方面看来,它应当得到比《呐喊》成就更高的评语。事实上也的确如此。这个小书必永生。"《八骏图》是沈从文1935年创作的一篇以知识分子为描写对象的都市题材小说。这篇小说辛辣地嘲讽了中国现代知识阶层,与把国人的劣根性暴露得淋漓尽致的鲁迅先生的《呐喊》确有一比。但如此明目张胆地将自己与鲁迅相提并论并声称自己的作品将永生,恐怕也只有沈从文这个"愣头",才敢冒这个天下之大不韪。

沈从文写文章常常是兴之所至,信手拈来,根本就不顾及别人的感受。他通过文字所透露出的睥睨天下的那种自负使得他在人际交往方面处处掣肘,难与世同,并为此吃尽了苦头。从1948年12月31日在一张条幅上写下"封笔试纸"四字起,沈从文长达40年无法真正地从事文学创作,他经历了常人难以忍受的孤独与苦闷。但是即便如此,沈从文依然是自负的——打骨子里的自负。

沈从文从生到死,自始至终都是自负的。1988年5月10日,沈从文因心脏病猝发病逝家中。碑文同样写得很自负。墓碑采天然五彩石,状如云茹。碑石正面辑沈从文自己手迹,其文曰:"照我思索,能理解我;照我思索,可认识人。"——整个一圣哲姿态。

古人言:"书生留得一分狂。"读书人总须有一点个性、一点性情、一点棱角、一点风骨,如果一味地"乖巧"、"温顺"、"圆滑"、"中庸",那只能是精神的"侏儒"。

难得沈从文的自负。

## 刘文典：不只是狂傲

刘文典先生是我国近现代史上一位极富传奇色彩的人物，但目前坊间风行的关于他的那些传闻逸事，大多突出他的"狂"与"傲"以及特立独行的各种怪癖。那么，历史上的刘文典到底是个什么样的人呢？

刘文典是名士。身为名士，刘文典有许多雅好，喜饮好茶、吸好烟。茶是上等普洱绿茶。烟是云烟中的极品——名烟"大重九"，每包值旧币3000多元（当时一般人抽的是每包1500元的"大公烟"）。说到抽烟，刘文典有一雅号——"二云居士"。"二云"者，一指"云土"，即云南鸦片；二指"云腿"，即云南特产火腿，味鲜美。新中国成立前国民党政府曾明令禁烟，但对云南两位名人却不禁止，一位是龙云，一位是刘文典。除吸烟品茗外，刘文典还喜欢听戏，尤其是滇戏。当年在昆明时，刘文典几乎每晚都泡在滇剧场中。光华剧场的头排两个座位被

刘文典（1889—1958）

他长年包下，每晚偕夫人必到，风雨无阻。他与耐梅、碧金玉、张子谦、栗成之、彭国珍等名艺人交往很深。如果有人以此来猜想刘文典的生活一定是铺张奢华，那就大错特错了。刘文典生活简朴，衣着无华，常不修边幅，有时竟将长衫扣错纽扣，头发长了也不理发，除非理发师登门。现实生活中，刘文典潜心学术，于家务俗事一无所能，既清贫又乏生财之道，往往等到无米下锅才发觉囊中羞涩，不得不向知交告贷。李鸿章之孙李广平与刘文典是好友。刘文典每逢断炊便手书一字条，上书四字"刷锅以待"，使人交李广平。李见字后知道刘文典"难以为炊"，便慷慨送钱救急。

鲁迅先生有一句话："无情未必真豪杰，怜子如何不丈夫。"判断一个人人格道德是否健全完善，亲情与家庭生活是一个很重要的方面。刘文典的长子刘成章因敦促国民党政府积极抗日，卧轨请愿染风寒英年早逝。这对刘文典打击很大，给他留下了一辈子无法抹去的伤痛，使他一度神志消沉，沉迷鸦片。正是因此，他对次子刘平章格外溺爱。上课时也带在身边。平章年幼不懂事，常忍不住在课堂上嬉闹，甚至跑出教室外。每逢这时，刘文典便大窘，急忙追出。古人言："无狂放气，无迂腐气，无名士怪诞气，方为放达者；有诵读声，有纺织声，有小儿啼哭声，才是人家。"刘文典当是如此。

刘文典不但学问渊博，而且不畏强权，是一位极重名节的刚正之士。七七事变后，平津相继沦陷，清华、北大被迫南迁。刘文典因没来得及与学校同行，滞留北平。日军知道他留学日本多年，深通日语，于是威逼利诱，后又通过周作人等人请他出任伪职，均被拒绝。日本人恼羞成怒，两次派宪兵闯入刘宅，翻箱倒柜。刘文典毫无惧色，绝口不讲日语，以在日寇面前"发夷声为耻"。他告诫自己："国家民族是大节，马虎不得，读书人要爱惜自己的羽毛。"面对日本人，他身穿袈裟，昂首抽烟，怒目而视，表现出崇高的爱国气节。1938年3月，在朋友的帮助下，刘文典终于逃出虎口，取道天津，经香港、越南海防，于5月22日到达西南联大所在地——云南蒙自。当刘文典看到校园中高高飘扬的国旗时,他像一个重新回到母亲怀抱的孩子一样,一下子跪在国旗下声泪俱下,庄严地向国旗三鞠躬。1949年末昆明解放前夕,胡适曾计划将刘文典送往美国,已为他联系好具体去所,并为他们一家三口办好入境手续,但刘文典谢绝了。他说:"我是中国人,为什么要离开祖国?"

刘文典并不认为自己是圣贤,是完人。他生前常说:"我最大的缺点就是骄傲自大,但是并不是在任何人面前都骄傲自大。"这是他的真心话。比如对陈寅恪和陈独秀,他就是由衷的钦佩。刘文典说,西南联大文学院只有两个半真正的"**教授**",陈寅恪是其中之一,而他只能算半个。对于陈独秀,刘文典曾屡屡帮助、保护,并私下对人说:"陈独秀是个非常好的人,为人忠厚,非常有学问,搞不成政治——书读得太多了。"

有道是"拨开烟雾见真容"。如果我们真正地了解了刘文典,就会发现,刘文典既有中国士人不畏权贵、不媚世俗、铮铮铁骨的一面,也有在艰难生存中感到彷徨、苦闷的一面;既有道德文章、高山仰止的一面,也有言行不一、举止失措的一面。刘文典虽然有点"狂"、"怪",但是他狂的背后是道德人品的支撑,他怪的背后是真诚、率性的流露。他是一个有情有义、有血有肉的传统的中国知识分子。

# 周一良作弊上大学

周一良（1913—2001）

　　近读周一良自传《毕竟是书生》，发现这位名垂学林的大史学家居然是作弊上大学的。

　　受父亲周叔弢安排，周一良从八岁起便开始接受私塾教育，前后达十年。18岁时周一良因接触五四新文艺作品而萌生到北京（当时叫北平）读大学的想法。但周一良当时一无数理化知识，二无高中文凭，无法投考正规大学本科，不得已只好报考了燕京大学国文专修科。燕大国文专修科是为培养中学国文教员而特设的，学制两年，不需要任何文凭与资历，只考中文和史地。1930年夏，周一良以第一名的成绩考入燕大国文专修科。

　　等到熟悉了北平各大学情况后，周一良感到燕大国文专修科非旧日所谓的"正途出身"，不是长远之计。所以不到毕业他便急于另谋出路。周一良当时的想法是，无论如何要想方设法进入正规大学本科。当时北平比较知名的大学有五所,分别是:北大、清华、师大、燕京、辅仁。按照当时的教育制度,报考大学必须是高中毕业且必须经过严格的入学考试。思来想去,周一良最终选择了辅仁大学。原因是辅仁大学刚成立不久,制度不是很严密,文凭可以蒙混过关。当时北平流行制造假文凭,琉璃厂的刻字铺兼营此买卖。周一良在未打任何招呼的情况下假借其家乡秋浦县周氏家族办的一所私立宏毅中学的名义在刻字铺伪造了一张高中毕业证书。辅仁大学果然没有去核实证书的真假,遂使周一良蒙混过关具备了报名资格。

交验中学文凭这一关通过后,下来便是入学考试。虽然辅仁大学比其他四所大学都简单省事,自然科学课程只考数学,但这同样将周一良挡在了门外。好在当时北平教育界又有绝招——找人替考。照相馆可以把准考证上的相片修版,使它看来既像是甲,又像是乙,你中有我,我中有你,辨认不出捉刀人。于是周一良便请来当时在清华大学主持发电厂的工程师、表兄孙师白替他考数学,结果自然是高分通过。

试想,当初周一良要不是通过"伪造学历"、"找人替考"等手段作弊,他就无法进入辅仁大学,当然就更谈不上后来的燕京大学历史系、燕京大学研究院、中央研究院历史语言研究所以及七年哈佛生活。试想,如果没有这些大学以及容庚、钱玄同、洪业、陈寅恪、邓之诚、顾颉刚、钱穆、傅斯年、郑振铎、叶理绥、雷洁琼等学术大家的熏陶和感染,周一良还会是后来备受推崇的那个史学大家周一良吗?

季羡林先生生前曾说:天资 + 勤奋 + 机遇 = 成功。他说:"谈到机遇,往往为人所忽视。它其实是存在的,而且有时候影响极大。就以我自己为例,如果清华不派我到德国去留学,则我的一生完全不会像现在这个样子。"依照季先生这个观点,今天我们回过头来看周一良当年的"作弊"经历,那便不是什么见不得人的丢人事,相反那是一种机遇。尤为难得的是,周一良在声名卓著的晚年对自己早年的这段"作弊"经历,丝毫没有隐瞒,而是诚恳地、如实地写出,这充分地显示了一个学人的良知。

# 怪才丁文江

丁文江(1887—1936)

丁文江,字在君,又字大君,笔名宗淹,江苏省泰兴县黄桥镇人。历任中国地质调查所所长、北京大学地质系研究教授、中央研究院总干事等,中国地质事业著名创始人之一,中国近代著名的自然科学家、地质学家、地质教育家。

丁文江是20世纪中国科学、文化史上影响最大的人物之一。他不仅是中国地质学的"开山大师",还涉足地理学、考古学、人种学、优生学、古生物学、历史学、教研学、少数民族语言学等众多学术领域,是一位典型的百科全书式的人物。蔡元培说:"(他是)精于科学而又长于办事,……实为我国现代稀有的人物。"胡适说:"(他是)一个最有光彩,又最有能力的好人,是一个天生能办事,能领导的人,能训练人才,能建立学术的大人物。"傅斯年说:"(他是)新时代最良善最有用中国人之代表;他是欧化中国过程中产生的最高的菁华;他是用科学技术知识作燃料的大马力机器……"李济说:"(他是)一个划时代的人。"温源宁说,丁文江头脑里东西多得"就像个古玩店",称他是"百科全书"。罗素常对他的英国朋友说:"丁文江是我所见中国人中最有才、最有能力的人。"

丁文江"矮矮的个子,敦实的躯体,显得敏捷和果断的眼睛",尤其是"他的虬起的德国威廉皇帝式的胡子,使小孩子和女人见了害怕"。对于他不喜欢的人,丁文江总是斜着头,透过眼镜上边看,眼里露出白珠多、黑珠少,样子怪可嫌的。胡适对丁文江说:"史书说阮籍能做青白眼,我从来没有懂得,自从认识了你,我才明白了'白眼待人'是个什么样子。"丁文江听了大笑。

丁文江不光长相奇特,行为举止也很怪异。丁文江留学海外,接受西方人生活,讲究科学人生。他工作再忙,每天都要保证八小时睡眠。他饮食起居讲究卫生,外出用餐,必用开水烫洗器皿。在酒席上他从不喝酒,但要用酒洗筷子。他终身不吃海鲜,只吃无外皮的水果,而且要在凉水里浸泡20秒。他习惯一菜一饭。菜通常是黄豆烧肉,天天如此。他自称一生不吃鱼翅、鲍鱼、海参,但不能不吃黄豆烧肉。他嫉恨奢侈,但注重生活舒适,每年夏天都要带夫人到凉爽地区避暑。他有机会坐头等车,绝不坐二等车;有安稳的地方睡觉,绝不住喧闹的旅馆,理由是这样可以积蓄精力,更好地工作。

丁文江笃信西医,早年有脚痒病,西医嘱赤足疗效最佳,他就终身穿多孔皮鞋,在家常赤脚,到朋友家就脱去袜子,自称"赤脚大仙"。傅斯年讲过这样一件事。有一年冬天丁文江从俄国归来,感觉左脚大拇指发麻,到协和医院去看医生,他问医生:"要紧不要紧?"医生说:"大概不要紧。"他又问:"能治不能治?"医生说:"不能治。"听到这话他立刻就放心了。傅斯年不解,就问他:"医生说不能治,你咋反倒高兴呢?"丁文江说,若是能治,当然要想法子去治,既不能治,便从此不想它好了。丁文江从不去问医生,他这病有危险没有?他不相信中医。太太有病,胡适觅到一方中药膏,他碍于情面收下了,带回家却不让夫人用。

丁文江不喜欢竹子,所以住处见不到竹子,就连房间的陈设也不能有竹制品。他家有一幅宋人画的墨竹,也送给了朋友。他甚至连竹笋也不吃。1935年夏丁文江写了一首《五律·厌竹》:"竹是伪君子,外坚中却空。成群能避日,独立不经风。根细成攒穴,腰柔惯鞠躬。文人多爱此,声气想相同。"丁文江对那些卑躬屈膝、丧失人格的旧文人深恶痛绝,极端鄙视,这首诗实为他卓尔不群的独立精神的最好写照。

丁文江有一句名言:"明天就死又何妨;只拼命做工,就像你永不会死一样。"1935年岁末,丁文江应铁道部部长顾孟余之请,到湖南探查粤汉铁路沿线煤矿,夜宿时因煤气中毒引发脑出血,抢救无效,于次年1月5日逝世,时年49岁。

# 容庚的收藏之道

容庚原名肇庚,字希白,号颂斋,广东东莞人。我国著名的古文字学家、书法家、收藏家、文物鉴定专家。

容庚出身于书宦之家,15岁丧父。舅父邓尔雅是著名的书法篆刻家,容庚跟随舅父研读《说文解字》、《说文古籀补》,深悟金石门径,学习之余研习书法、篆刻。后师从罗振玉、王国维,对殷周以来甲骨文、彝文字进行过大量的研究。青年时先攻小篆,后转向金文、甲骨文书法。1922年,经罗振玉介绍,容庚入北京大学研究所国学门读研究生,毕业后历任燕京大学教授、《燕京学报》主编兼北平古物陈列所鉴定委员、岭南大学中文系教授兼系主任、《岭南学报》主编、中山大学中文系教授等。容庚一生成就的重心为青铜器及其铭文研究,所著《金文编》、《金文续编》、《商周彝器通考》等规模宏大、影响深远,为该领域的扛鼎之作。

容庚(1894—1983)

## 追影：
### 真名士自风流

容庚自称生平有两大癖好：金石、书画。金石为其成名之学，而书画则为其终身之好。容庚早年寓京时已颇致力于古书画的搜集研讨，定居广州之后，兴趣更由金石之学转向书画之学。容庚集毕生之力，致力于青铜器的收藏，一生收藏了近200件青铜器，其中最负盛名的一件是春秋中期晋国大夫栾书所铸的"栾书缶"。需要指出的是，容庚收藏青铜器除职业、爱好外，主要是受强烈的爱国心所驱使。20世纪二三十年代，军阀混战，民不聊生，青铜器每有出土，多被外国人所购，流亡海外。容庚对此十分痛心，不遗余力以尽保护国家文物为责任。"文革"中有人揭发容庚，说他在新中国成立前把贵重文物卖给美国人。容庚遂老老实实地回答说："有！那个鼎是假的，我是把假古董卖给美国人了。"此言一出，那帮人先是愣了一下，然后哄堂大笑，批斗也就进行不下去了。容庚逝世前将自己一生收藏的商周青铜器、名贵书画以及藏书，全部捐献给了国家博物馆和中山大学图书馆。

容庚不但长于收藏而且精于鉴定。他曾说："考古考古，一半靠'考'，一半靠'估'，有人信你就行。"粤语中"估"字意为猜测，容庚这句话的意思是说考古研究既要考证，也要猜测。这句话虽然是戏言，但也概括了考古、鉴赏的真谛。

容庚有一句话，常被人作为"把柄"，引为笑谈。这句话就是："生财有大道，成名有捷径。"容庚自谓这话是他一生收藏的经验总结。容庚以一介书生收藏青铜器和字画，资力不足，靠的就是眼力。容庚擅长辨别铜器字画的真伪，人家看走眼的，他就以平价购入，再用十倍的价钱卖出，此之谓"生财有大道"。胡文辉先生曾说，"容氏自谓'生财有大道，成名有捷径'，盖视研治古物为学术捷径，而古物有入有出，又成财路矣"。

容庚为人耿介刚直。1974年初"批林批孔"运动席卷全国，容庚对借题发挥批判孔子十分反感，公开表示要正确评价孔子，不能断章取义。这时，一位"批林批孔"干将跑来强迫容庚，让他认清形势，参加批判孔子。容庚横眉以对，大声说："我宁可去跳珠江，也不批判孔子。"

# 第一章 逸事

## 馋嘴傅斯年

傅斯年身高体胖,人称"傅胖子"。好友罗家伦有一次曾开玩笑说:"你这大胖子怎么能和人打架?"傅斯年回答:"我的体积乘以速度,产生一种伟大的动量,可以压倒一切。"说是这样说,事实上,肥胖让傅斯年吃尽了苦头。因为肥胖,傅斯年患上了严重的高血压。医生叮嘱他务必要少吃盐或不吃盐,肉类更是绝对不能吃。平时在家妻子俞大彩只允许他吃白米饭,再配上一点西瓜、橘子之类的水果。这样清淡的饭菜让傅斯年真是难以下咽。可是迫于夫人的压力,傅斯年也只好忍着。

傅斯年(1896—1950)

傅斯年的高血压很大程度上来自遗传。傅斯年的母亲也是一个胖子,也患有高血压。为了照顾婆婆的身体,俞大彩尽量地不让婆婆吃肥肉。可是傅斯年的母亲却偏偏爱吃肥肉,为此她经常发脾气。母亲一发脾气傅斯年就吓得跪在地上不敢起来。傅斯年的父亲去世很早,是母亲将他一手拉扯大,因此他事母至孝。妻子不让母亲吃肉,母亲偏要吃,这让傅斯年像夹在风箱里的老鼠——两头为难。于是他只好偷偷地对妻子说:"以后你给母亲吃少点肥肉好了。你要知道,对患高血压的人,控制情绪比忌饮食更重要。母亲年纪大了,别无嗜好,只爱吃肥肉,让她吃少许,不比惹她生气好么?我不是责备你,但念及母亲含辛茹苦,抚育我兄弟二人,我只想让她老人家高兴,尽孝道而已。"

与自己的母亲一样,傅斯年也死爱吃肉,俞大彩称傅斯年是"馋猫"。由于妻子在家不让他吃肉,傅斯年便时常背着妻子偷偷地开禁。通常的做法是,利用上下班的时间,悄悄地蹲在路边的小吃摊上,买几个肉饼或者肉包子,有时也买个猪蹄香喷喷地啃起来。看到他那副馋样,了解情况的那些个熟人,也就"视而不见",从不向其夫人告发。

傅斯年爱吃肉包子。在昆明西南联大时,友人送给傅斯年儿子一只很漂亮的大黑狗。一天中午,傅斯年正在酣睡,那只狗走近床边,用舌头一个劲地舔他的手。傅斯年惊醒后伸手便打,谁知没有打中。于是怒气冲冲地拿起拖鞋向狗扔去,狗早已跑得不知去向。就在这时,傅斯年不小心将自己的眼镜打落在地,成为碎片。俞大彩这时在一旁看见了,开玩笑道:"你这是虐待动物,要遭监禁的。"傅斯年正在气头上,于是恼羞成怒,三天不和妻子说一句话。到了第四天早晨起床后,傅斯年向俞大彩长揖到地,面呈愧色,笑着对她说:"我无条件投降了,做了三天哑巴,闷煞我也。"俞大彩取笑他说:"用配眼镜片的钱,买几个肉包子吃,岂不更好?"傅斯年一听,顿时心花怒放,高兴得差点从地上跳起来。

傅斯年做了台大校长后经常忙得废寝忘食。有次下班,秘书那廉君正在秘书室吃饭,傅斯年正好来找他。看到那廉君饭盒里放着油晃晃的卤肉和黄焦焦的面包,已三月不知肉滋味的傅斯年馋坏了,顾不得面子,顿时一个箭步冲上去,一手抓起来塞到嘴里。边吃边满足地乐道:"面包夹肉,正是很好的三明治。"秘书被他那滑稽的满手油腻、满嘴嚼肉的馋相逗乐了,但大笑之后又觉得几丝辛酸,禁不住感叹道:"这样伟大的一个学者,每天忙着操持公务,竟然连一顿可口的饭菜都不能享用。"

1950年12月20日,傅斯年突发脑出血去世,年仅54岁。

## 于右任的人品与书品

于右任（1879—1964）

民国元老于右任一生钟情书法，是我国书法史上著名的大家。他首创"于右任标准草书"，被誉为"千古草圣"、"中国书法史三个里程碑之一"。与现今的一些书家相比，于右任堪称是书品、人品俱佳的典范。

于右任每日临帖不辍，但他只将书法当作是一种运动、一种乐趣，而不去考虑书法以外的一些东西。民国四年（1915）是于右任经济最困难的时候，出于无奈，他订下一张鬻字的润例。第一个月朋友捧场卖了30多件，第二个月卖了三五件，第三个月只卖了一件，第四个月起他干脆就把润格取消了。大凡有人喜欢他的字，即索即写，绝不收人一文钱。此例一开，加之于右任名望又大，前来求字的人多如过江之鲫，其中既有达官显要、名流时贤，也有贩夫走卒、妓女乞丐。无论任何人，只要你能找到他的踪迹，只要他正在写字，你只需展开白纸，他就一挥而就，十年如一日，分文不取。求书的人大都知道于右任有此习惯，所以总会带一点土产送给他。于右任有一喜好，就是要索书的人带一罐墨汁，而且墨汁规定要用人工磨成，要是市上出售的墨汁，他一看就知道，绝不接纳。上海富商周湘云逝世后，其家人求于右任书写墓志铭，并送来一笔墨金，但于右任坚辞不受，后改送一副文房四宝——一个很大的端州砚，墨是古墨，笔是精制的狼毫，纸是两匹乾隆宣，于右任见了爱不释手，笑而受之。

  于右任给人写字，从来不看来者的职位与身份，标准是只要他喜欢这个人。宋子文很喜欢于右任的字，特制一把精致的扇面，托人请于右任题墨，被于右任拒绝。但于右任却为南京夫子庙大集成酒馆的女侍挥毫写下"玉壶卖春茅屋赏雨，座中佳士左右修竹"。于右任每到医院慰问伤兵，礼品就是写字，一晚要写几十幅。1941年，他访问西安时，答应为王曲军校的下级军官们写一百幅屏条。回到重庆，他很快写好，并自己花钱装裱成轴寄送西安。由于于右任的字值钱，有一些落魄文人便假借他的大名卖字。他的下属知道后要"严惩"，于右任关照"不要为难他们"。台北和平东路街头一商店招牌假冒他的字，于右任见了，一点也不恼，而是让店家摘下，自己重题了一幅。

  于右任虽贵为党国元老、官拜"一人之下，万人之上"的国民政府监察院院长，但却一生受穷。他在20世纪30年代身患伤寒，上海的名中医陈存仁为他治愈，他无钱付诊费，亲书一帖怀素体的《千字文》赠之。于右任对陈说："我仅拿公务员的薪水，所有的办公费、机密费一概不收。所得的薪水，只够很清苦的家用，到东到西，袋里从不带钱，身上只带一只'褡裢袋'，别人是放银子的，我的褡裢袋只放两颗图章，参加任何文酒之会，或者有人馈赠文物，我别无长物为报，只好当场挥毫，盖上两个印就算了。"

  1948年，国民大会选举，于右任竞选副总统。对手孙科、李宗仁、程潜等人为拉选票，又是请客又是送礼。请客用汽车接送，提供宾馆服务并送红包。于右任没钱只能靠写"为万世开太平"、赠照片"拉票"。临近选举，于右任请了几桌客，席间道出了真情："我家中没有一个钱，所以没有办法和各位欢叙一次，今天的东道，实际上是老友冯自由等20位筹集，我只借酒敬客而已。"不用说，于右任落选了。他的一位同乡代表说得十分中肯有趣："纸弹是敌不过银弹的。"

　　于右任一生写得最多的，是"为天地立心，为生民立命，为往圣继绝学，为万世开太平"这一屏条，数量至少有一两千。于右任的座右铭是："天下为公。"林语堂曾说："当代书法家中，当推监察院院长于右任的人品、书品为最好模范，于院长获有今日的地位，也半赖于其书法的成名。"

# 第一章 逸事

## 郑振铎戏言成真:"这次我是真的走了"

最近读了郑少康的《我的父亲郑振铎》一书,其中写到郑振铎的死,让人读后惊讶不已、感慨万千,震惊之余也唏嘘不止。

1958年10月17日,郑振铎受时任国务院副总理陈毅之命率领我国文化代表团访问阿富汗和阿拉伯联合共和国。17日一早,拂晓,天色乌黑,郑振铎早早就起床了。写完当天的日记后,他又给与巴金合编过《文季月刊》的靳以写了一封信,敞开心扉地表示自己要好好改造思想。与此同时,郑振铎年近八旬的母亲也早早地起来给儿子做了福州家乡风味的菜点——肉丝海米炒的米粉丝和蛋皮紫菜汤。这两样虽都是极普通的家常便饭,但郑振铎从小就最爱吃。郑振铎吃早餐时,年迈的母亲就坐在桌旁,慈爱地看着两鬓已有些灰白的儿子。郑振铎的夫人则在一旁帮他收拾行装。7时许,郑振铎起身向母亲辞行,说:"妈,我走了。"又和夫人说了声:"我

郑振铎(1898—1958)

走了。"便驱车前往机场。不想，10时左右郑振铎又笑嘻嘻地回来了。原来机场大雾飞机不能起飞。"老天爷留我在家多待会儿。"郑振铎说。

午餐后，郑振铎又睡了一个十分香甜的午觉。下午3时许，代表团来电话，说机场方面通知飞机可以起飞了，郑振铎又重新启程。临行时，他又笑嘻嘻地对母亲和夫人说："这次，我是真的走了！"不料这句话竟成了谶语。

很快新华社、塔斯社便传来消息：17日，一架由北京飞往莫斯科的图104客机在苏维埃楚瓦什共和国的卡纳什地区失事炸毁，机上乘客和飞行人员全部遇难。谁也没有想到，一句戏言竟会成真。郑振铎这次是真的"走了"，而且是一去不复返地"走了"。这时，距离郑振铎60岁生日只差两个月。

10月26日下午，代表团16名同志的骨灰在当地火化后由苏联军方用专机护送到北京南苑机场。郑振铎的生前好友茅盾、夏衍等都来到机场迎接郑振铎的骨灰。当夏衍接过郑振铎的骨灰盒时，泪水一下子就流了出来。这时，他想起自己这位相交数十载的，被朋友们戏称是"大孩子"、"老天真"的老友生前常跟他们开玩笑时说的一句话——"坐飞机从天上掉下来死掉，大概是一种最痛快的死法。"一句戏言，不幸再次被言中。想到这儿，夏衍更是悲从中来……

读到这儿，我忽然间有种毛骨悚然的感觉，一种从未有过的恐惧笼罩着我的全身，眼泪都出来了。世间事是如此的神秘，这究竟是历史的巧合还是冥冥中的一种预设？郑振铎之死让我联想到佛教中的"口业"。佛法教人不妄语、不绮语、不两舌、不恶口，注重"口德"，这是因为口舌往往会牵扯一个人的福报祸福，所谓的"命"正是如此。持明居士说："神由知命而达命，由达命而造命，由造命进而再解脱生死轮回，不再拘泥于命理、五行，而能回向上乘。"又说："命理精深缜密，推算繁难，昔孔子罕言命，子贡叹天道不可得而闻，岂无故哉。知命最难，造命实易，但尽人事，莫问天道。"

郑振铎的死告诉我们一个道理：人行于世，应有所忌，应有所惧，应有所畏。

# 第一章 逸事

## 吴晗宁愿挨打也要买书

吴晗，原名吴春晗，著名历史学家，浙江义乌人。吴晗从小爱读书。六岁时曾写下这样的诗句："厨中无菜市上有，饮酒何必杏花村。人人谓我读书好，吾谓耕者比我高。"吴晗的父亲吴瑸珏虽身为农民，但颇有学问，能诗善赋，且写得一手好字。吴瑸珏有一书房名叫"梧轩藏书"，内有不少线装书。吴晗童年时，即在父亲书房读书。

1916年，吴晗上小学。虽然只有七岁，但却非常爱看书，特别是历史书和历史小说。这时他先后读了《三国演义》、《水浒传》、《西游记》等古典小说。家里的书读完了，他就想办法到处去借。有时为了借一本书，要跑几十里地。遇到人家不肯外借，他就蹲在人家门口看，看完赶紧还。能借走的他就边走边看，经常是回到家，书已看完，然后又立即再去借。书的主人怀疑他是否看过，就考问他书中的有关内容，他对答如流。

吴晗（1909—1969）

由于他看书既多又快，人们送他一个雅号——"蛀书虫"。

吴晗很想买书，但是没有钱。有一年暑假，他挑着行李从学校步行回家。路上看到一本书，很想买，只好将自己的铺盖卷全卖了。回家后被父亲打得浑身上下青一块紫一块。刚打完，眼泪还没来得及擦干结果他又捧着书读起来。妹妹吴浦月见哥哥没钱买书还要挨打，就把自己积攒的压岁钱全部拿出来送给吴晗买书。

1922年，吴晗13岁，升入金华中学。他对书更是一往情深，靠着妹妹吴浦月的帮助以及自己的省吃俭用，他居然把二十四史的前四史——《史记》、《前汉书》、《后汉书》和《三国志》全部买了下来。这时，父亲让他读《御批通鉴》，每天念多少页、熟悉到什么程度，都有明确规定，完不成任务就要受到严厉的训斥，甚至是处罚。升入中学后，因为课堂所教内容陈旧，不能满足他对知识的渴求，吴晗常常逃学、旷课，跑到附近的书店、书摊上看书。在那里，他读了大量在学校无法读到的书籍，包括宋明人的笔记以及旧小说等，这使得他对历史的兴趣越来越浓，更重要的是他在那里还读到了梁启超的《饮冰室合集》等维新书籍，从而让他思想大开。

1930年8月，21岁的吴晗来到北平。经顾颉刚介绍来到燕京大学图书馆中日文编考部做馆员。这个工作对吴晗来说，简直是求之不得。于是他利用工作之便，读了半年线装书。这半年是吴晗立志治明史的开端。

1931年，吴晗进入清华大学。三年大学生活，吴晗始终以书相伴。除了读书，他几乎没有别的什么爱好。回忆这段生活时，吴晗说，那时"我自己找书读，没有人指点，读了很多好书，也读了不少坏书。我自己抄书，没有人帮助，向人千方百计地借书，有些书求了人家还是不肯借"。当时，吴晗经济拮据，连一本必需的书籍都买不起。有一次，吴晗想买一部《明史纪事本末》，没有钱，就赶写了一篇文章《〈清明上河图〉与〈金瓶梅〉的故事》，给了《清华周刊》，换了十元稿费买了这本书。但是，对这篇文章吴晗并不满意，他在给胡适的一封信中特别谈到这件事,说自己深引以为疚。于是第二年,他又为这篇文章写了一个补记,并从学理上进一步完善了该文,使自己的观点更趋于成熟。吴晗读书时,对于有关藏书家的史料格外关注,遇到就随手记下来,短短几年就积累了十数万言。于是很容易就写成了长达几万字的《两浙藏书家史略》和《江苏藏书家小史》两文。

吴晗爱读书,也善于读书。他说:"青年人要有雄心壮志,著书立志,没有奋斗目标就不会有所作为。要多读书,用功读书,但是还得善于读书。"

# 王元化与熊十力

王元化（1920—2008）

王元化与熊十力认识是在1962年。1962年的秋天，王元化持韦卓民的介绍信，前往淮海中路2068号拜见熊十力。熊十力当时身体很不好，2月份煤气中毒昏迷不醒，后经抢救虽脱险，却留下了神经衰弱的毛病。加之此前好友林宰平、王孟苏、刘静窗等人的相继逝世更让熊十力觉得世事无常，遂闭门谢客。

王元化当时虽持有介绍信，但心中仍不免忐忑不安，怕吃闭门羹。果然，在熊十力住所的门上，王元化看到一张信笺，纸已褪色，字墨尚浓，大意是说，本人年老体衰，请勿来访。王元化怀着惴惴不安的心情敲了几下门。让他意外的是，这次求见竟毫无困难，在客厅仅等候了两三分钟，熊十力便从隔壁走了出来。熊十力当时留给王元化的印象是身材瘦弱，精神矍铄，双目奕奕有神，留有胡须，已全白，未蓄发，平顶头，穿的是老式裤褂。关于这次会面王元化后来这样写道：

> 我表示了仰慕之意，他询问我在何处工作，读什么书等等。这天他的心情很好。他的态度柔和，言谈也极儒雅，声调甚至近于细弱。当时我几乎与人断绝往来，我的处境使我变得很孤独。我觉得他具有理解别人的力量，他的眼光似乎默默地含有对被侮辱被损害者的同情，这使我一见到他就从自己内心深处产生了一种亲和力。这种感觉似乎来得突兀，但我相信它。

从那以后，王元化几乎每周都要走访一次熊十力，从而成为熊十力晚年身边仅有的几个朋友之一。一次，熊十力正在沐浴，王元化便在外间驻足等候，但熊十力坚持要王元化进去。王元化进去后看到熊十力正赤身坐在浴盆中，没有丝毫的羞赧或是不适，相反是谈学论道、侃侃而谈，其旷达，大有魏晋风度。

熊十力的起居室内有三幅大字书写的君师帖。一居中，上书孔子之位；一在右，上书阳明先生；一在左，上书船山先生。一次，王元化向熊十力请教佛学。熊十力说："你学佛做什么？现在没有人学这个了。"尽管如此，熊十力还是同意与王元化约定以通信方式笔谈佛儒之学。"文革"爆发后，王元化与熊十力音信隔绝。1979年底王元化"平反"，这时他才知道熊十力离开这个世界已经11年了。闻讯，他黯然神伤，连续写下了《记熊十力》、《再记熊十力》、《熊十力二三事》、《读熊十力札记》等文，表达了对这位影响自己治学的恩师的无尽思念。

王元化年轻时向熊十力问学，熊十力反复告诫他，做学问要"沉潜往复，从容含玩"。王元化后来因历史原因长期处于困厄之中，但他仍坚持闭门苦读，仅一部黑格尔的《小逻辑》，他就从1956年一直读到1974年，堪称当代版的"韦编三绝"。王元化后来之所以能被海内外思想界公认为是20世纪80年代中国"新启蒙"的领军人物之一，是与熊十力的教导分不开的。

# 李叔同遗事

李叔同（1880—1942）

　　李叔同，本名李文涛，叔同为其号，弘一是其出家后的法号。李叔同生于 1880 年，卒于 1942 年，享年 63 岁，其中在俗 39 年，在佛 24 年。李叔同的一生无论是生还是死，都充满了诗意、传奇和神秘，仿佛一切都是事先设计好的。

　　李叔同天生慧根。七岁攻读《文选》，即能"琅琅成诵"，八岁从其乳母背诵《名贤集》格言："高头白马万两金，不是亲来强求亲。一朝马死黄金尽，亲者如同陌路人。"不但能背诵如流，而且能通晓其义。

　　作为"二十文章惊海内"的一代大师，李叔同集诗、词、书画、篆刻、音乐、戏剧、文学等于一身。在多个领域，都首开中华灿烂文化艺术之先河。他是第一个向中国传播西方音乐的先驱，其所创作的《送别歌》历经几十年传唱至今仍久唱不衰。他是中国第一个开创裸体写生的教师。他还是中国话剧的鼻祖。用弟子丰子恺的话说："文艺的园地,差不多被他走遍了。"

李叔同尽管才华横溢,但却是一个十足的书呆子,人情世故全然不懂,以至于常做出一些有悖于情理的非常之事。李叔同有一个习惯,除了事先约定,绝不会客。一次,欧阳倩予与他约定面叙。大清早赶来,递进名片后不久,只见李叔同开了一扇楼窗探出头说:"我和你约的是8点钟,可是你已迟到五分钟,我现在没工夫了,改日再约吧。"说罢闭窗。李叔同的另一位朋友韩亮侯也有过类似的遭遇。在东京时,韩亮侯有次约了一位朋友去李叔同家,也是稍迟片刻,就被李叔同毫不客气地关在了门外。

李叔同同日本女子叶子结婚后,有次岳母过来探访女儿,临走时发现天正下雨,于是就向李叔同提出借一把雨伞回家。不料李叔同无论如何也不同意,还义正词严地说:"岳母大人,当初你答应把女儿许配给我的时候,我可没有答应将来下雨借给你伞。"搞得岳母哭笑不得,最后只得淋雨回家。

1918年8月19日,39岁的李叔同突然抛弃娇妻爱子前往杭州虎跑寺削发为僧。李叔同出家后为自己制定"约法三章":凡旧友新识来访者,暂缓接见;凡以写字作文等事相属者,暂缓动笔;凡以介绍请托及诸事相属者,暂缓应承。凡家书来,李叔同均让人在信封后批上"该人业已他去"字样,将信退回。

李叔同在福建讲学时,接到一16岁少年来信,称李叔同忙于酬酢。李叔同当即回信表示:"惠书诵悉,至用惭愧!自明日起,即当遵命闭门精修,屏弃一切。"事实上,李叔同出家后,对自己要求非常严格,一直坚持"三不":一不做住持,他认为做住持俗务太多,妨碍事业;二不开大座,所以有时应别人之请讲律,仪式简单,不做大规模号召;三不要闻名。

李叔同居家时的学生夏丏尊接老师到上虞白马湖暂住,并做斋请老师。因为用了香菇,李叔同谢绝了;改用豆腐,李叔同也谢绝了。后来实在没办法李叔同只好吩咐夏丏尊只许用白水煮青菜,只用盐不用油。夏丏尊只好依他。1933年,李叔同为晋江万山峰苏内村"晋江草庵"题写楹联:"草芜不除,时觉眼前生意满;庵门常掩,勿忘世上苦人多。"——"勿忘世上苦人多",这话可谓是李叔同一生大悲心的真实写照。

1942年10月13日,在距63岁生日还差十天的时候,李叔同安详圆寂于福建泉州不二祠温陵养老院。临终前亲书"悲欣交集"四字以为绝笔。

# 黄万里拒绝申请当博导

1933年,刚从唐山交通大学(今西南交通大学)毕业的黄万里意气风发,正准备前往美国留学。临行前,父亲黄炎培再三叮嘱他:"专门学者,必须熟悉人情世故,考虑自己的主张必须行得通,否则将一无成就。"有道是"知子莫若父",黄万里此后的一生正好验证了父亲的这句话。

黄万里在美国先后获得康奈尔大学硕士学位、伊利诺伊大学工程博士学位,是第一个获得美国工程博士学位的中国人。1937年,黄万里学成归国。作为中国第一个赴美学习且取得博士学位的水利工程科学家,他此后一生致力于中国的水利建设。

黄万里(1911—2001)

1955年4月,黄河三门峡大坝工程动工。水利部召集70多位专家学者和水利工程师就已开工的黄河三门峡水利规划方案进行讨论。会上,黄万里成为唯一一个反对修建三门峡水库的与会专家。他不顾众人反对，逆流而上与包含苏联专家在内的其他专家在会上进行了长达七天的激烈辩论。最后，会议变成了对黄万里的批判会。这一年他44岁。

1957年6月19日，已经大吃苦头的黄万里因为一篇文章而被打成"右派"。当时他说："伽利略被投进监狱，地球还是绕着太阳转！"从此，他开始了长达23年的"右派"生涯。23年来，他曾被下放到鄱阳湖劳动，也被安排到水利工地干活，甚至被派往打扫厕所。该干的、不该干的，他都接受了。

1980年2月26日，清华大学党委为黄万里"平反"。由于各种原因，黄万里此后再也没有给本科生上过课。1998年，清华大学批准黄万里可以为研究生授课，但他也只招了两名硕士研究生。以黄万里的学术水平及在国内外的影响他完全可以做博导，但是他却没有。原因是他不肯迁就、迎合。按照有关规定，做博导先得自己写个申请。事实上大家都知道，那只是一种形式，纯粹地走过场。面对这样的要求，黄万里很不爽，性格一向倔强的他不肯屈从，不肯委屈自己。于是，他愤愤地说："写申请，多此一举，有资格的人，就是能带博的人，还要写申请吗？不够资格的才写申请，我够资格为什么写申请？"他不写，自然也就没有人聘他当博导了。

依照现行的学术标准，作为学者、教授，必须要有一定的专著。不说是著作等身，至少要有一两本代表作，这已经成为普遍的共识。对此，黄万里同样是不屑为之。如果按照公开出版以及作者本人自觉自愿的原则，严格地说，黄万里是没有出过一本所谓的"学术著作"。2001年，黄万里90岁寿辰。他的一些同事、学生从各自的课题经费里面拿出一部分钱来，为他印了一本16开本、360多页的非正式出版的《黄万里文集》。此前，他曾自费印刷论文集《水经论丛》以及诗文集《治水吟草》，分发亲友。一个做了一辈子学问的著名教授，一生居然只出了一本没有版权、没有公开发行的书，这真的堪称是学术史上的今古奇观。

## 华罗庚的最后一次演讲

1985年6月,应日本亚洲交流协会邀请,我国著名数学家华罗庚赴日进行国际学术交流。此前,华罗庚身体出现过三次严重的心肌梗死。医生叮嘱,华罗庚如果再旧病复发,抢救成功的概率不会超过1%。鉴于此,华罗庚的夫人坚决反对华罗庚出行。然而,华罗庚自己却表示愿意前去。最后有关方面特意安排华罗庚学医的儿媳同行以便照顾他。

6月12日下午4时,74岁的华罗庚坐着轮椅精神矍铄地出现在日本东京大学理学部5号馆104室的讲台上。当日本数学会理事长小松彦三郎致辞并向大家介绍华罗庚时,华罗庚从轮椅上站起来向大家致意。这时全场爆发出热烈而持久的掌声。华罗庚此次演讲的题目是《理论、应用与普及》。演讲开始后,华罗庚发现了一个问题,日方为他安排的翻译人员无法准确地将他

华罗庚(1910—1985)

的原意译成日语。在征得在场日本数学界各位权威及听众同意后，华罗庚改用英语演讲。如果使用翻译的话，华罗庚还可以利用翻译的间隙稍事休息，改用英文后就意味着他没有时间休息了。

华罗庚那天的演讲出奇的成功。据当时听讲的森光先生回忆："华先生曾在美国和英国度过长期的研究生活，他的英语比我们一般的日本人流利得多。一开始声音稍小，有些难听清楚。渐渐地，他的声音大了起来，拐杖也扔在了一边，一直站着讲，时而为了说明上下讲坛。演讲自始至终因先生的幽默而洋溢着笑声，生机勃勃。演讲的内容、范围极广。我被先生的话语吸引，光顾着听，都忘了记笔记。"但是，森光还讲道："演讲中，不知是不是因为热，他停下投影仪，脱掉西装，解开了领带。也许从那时起，他已经不舒服了。"另一位听讲者白鸟富美子也注意到："随着演讲的进行，他脱去外套，解开领带，又解开衬衫最上面的两颗扣子，时而用手捂着胸口。我感到了莫名的不安……"华罗庚讲到兴奋处，忍不住从椅子上站起来，拿着拐棍当教鞭，激情澎湃。演讲原定时间是 45 分钟。45 分钟过去了，华罗庚可以休息了。可是，他却提出来："让我再讲几分钟，好不好？"全场报以热烈的掌声，于是华罗庚又一口气讲了 20 多分钟。

演讲完毕，华罗庚在热烈的掌声中走向轮椅。这时有女士捧来鲜花。可是鲜花还没有送到面前，华罗庚就缓缓地倒下了，脸色煞白，一动不动。在场的医生立即进行抢救，多人轮流着做人工呼吸和电击，但没有明显效果。很快华罗庚便被转到东京大学医学院附属医院进行抢救，中国驻日本大使赶到现场，代表国家向日本医生表示，希望不惜一切代价进行抢救。抢救过程持续了五个多小时。在此期间，有的医生甚至劳累得晕倒，医院也提出了多种抢救方案，比如进行更换心脏手术，但是华罗庚当时心脏大面积坏死，已经完全不可能实施手术了。晚 10 点 9 分，在一切努力都无济于事的情况下，医疗小组只好宣布华罗庚逝世。

1985 年 4 月 27 日，也就是距离华罗庚去世一个半月前，北京举办记者招待会。会上一位来自香港的年轻记者向华罗庚提问:"你最大的希望是什么?"华罗庚思索片刻回答道:"我最大的希望是工作到我生命的最后一天。"求仁得仁,华罗庚用生命兑现了自己的诺言,他的最后一次演讲为他赢得了学术的尊严。

## 狂儒牟宗三

牟宗三（1909—1995）

牟宗三，字离中，山东栖霞人。中国现代著名学者、哲学家、哲学史家、现代新儒家的重要代表人。牟宗三毕生致力于弘扬民族文化，为中国文化的现代化与世界化做出了巨大贡献。作为海外新儒学的重要代表和集大成者，牟宗三的哲学成就代表了中国传统哲学在现代发展的新水平，其影响力具有世界水平。《英国剑桥哲学词典》称牟宗三是"当代新儒家他那一代中最富原创性与影响力的哲学家"。李泽厚说，"新儒家"里他只承认一个牟宗三。

牟宗三说："少年要有聪明，中年要有功力，晚年要有境界。"这句话是他一生最好的总结。牟宗三少年聪慧，中年治学，老来通透。他身上有一种灵气、逸气和狂气。牟宗三喜欢散步，每天总要走个把小时。每当下雨的时候，他都要在雨中散步，为的是感受雨天的清爽，可见他是一个有情调的人。牟宗三喜欢下棋和看戏。下棋的水平不是很高,输赢也不在意,为的是好玩;对戏却很痴迷,不管是京剧还是各种地方戏,他都能看得津津有味。此外,他还喜欢闲谈,没事就找几个学生一起来闲谈。他说:"人生之乐,莫若于谈。谈有谈的境界,不会谈者,书也读不好。"他在和学生的闲谈中这样说:"《红楼梦》是小乘,《金瓶梅》是大乘,《水浒传》是禅宗。"牟宗三写过一篇短文《水浒世界》,专门研究《水浒》的境界。他说:"酸腐气,学究气,市侩流氓气,皆不足以言《水浒》。……洒脱一切,而游戏三昧,是《水浒》妩媚境界。没有生命洋溢,气力充沛的人,不能到此境界;没有正义感的人,也不能到此境界。"

唐君毅先生曾说,牟宗三"天梯石栈,独来独往,高视阔步,有狂者气象"。牟宗三秉承了中国文化中的"士气",对于看不惯的人和事他从不含蓄、遮掩。有一次,一位颇具盛名的学者引用孙中山和蒋介石的言论谈自己对《大学》的认识,牟宗三一听火冒三丈,大声怒斥道:"做学问就要一心做学问,不要留恋过去的包袱,也不能将学问和政治混在一起,这是不尊重学问,学问一定不能做好,学问的纯洁性和客观性就这样被污染了。"牟宗三的话让这位学人当场下不了台。1994年12月14日,牟宗三因病住进台大医院。25日,他对前来探望他的蔡仁厚、王邦雄等人写下这样一段话:"我一生无少年运,无青年运,无中年运,只有一点老年运。无中年运,不能飞黄腾达,事业成功。教一辈子书,不能买一安身地。只写了一些书,却是有成,古今无两。现在得了这种老病,无办法。人总是要老的,一点力气也无有。你们必须努力,把中外学术主流讲明,融合起来。我做的融合,康德尚做不到。""一生著作,古今无两",牟宗三轻松说出的这句话对整个学术界而言,其气势却犹如雷霆万钧,横扫一切。不仅如此,牟宗三还声称自己在学术上超过康德。这让很多人听了不舒服,觉得牟宗三太狂。对此,牟宗三这样说:"普通人都说我傲慢,实则这是不恰当的。我在谦虚或傲慢方面,实在是没有什么意识的。"事实的确如此,牟宗三一生倡导"生命的学问",规行矩步,有儒者风范;但与此同时又有孤愤,具有明显的狂者气概。所谓平易或孤傲都不足以概括牟宗三的"真人型范"。这种以"真人"为底子、以儒者风范和狂者性格相结合的人格特征构成了牟宗三独特的人格风骨。

进入老年后,牟宗三一改年轻时的张扬、凌厉,整个人变得犹如春阳般和煦,让人感受到一种儒者的蔼然意态。老骥伏枥,志在千里;烈士暮年,壮心不已。步入晚年牟宗三仍然保持着多年来养成的生活习惯。每天早晨5点左右起床,看书或写作直到8点,早餐后略事休息,从10点一直工作到下午1点才歇息。真如孔子所说"发愤忘食,乐而忘忧,不知老之将至"。

1995年4月12日,一代大哲牟宗三病逝于台湾,享年87岁。逝世前,他将家中藏书全部散尽。

# 第一章 逸事

## 狂生张五常

1935年张五常出生于香港,抗日战争时期曾随父母到广西避难,耳闻目睹中国内地农村之艰苦,自小就希望国家富强、人民幸福。

作为新制度经济学和现代产权经济学的创始人之一,张五常以《佃农理论》和《蜜蜂的神话》两篇文章享誉学界。张五常20世纪60年代先就读于洛杉矶加州大学,师从现代新制度经济学大师阿尔奇安,获硕士、博士学位;随后至芝加哥大学攻读博士后,深受科斯理论影响,科斯称张五常是"最为了解他思想真谛的人"。张五常是公认的产权理论大师,科斯、弗里德曼、阿尔钦等经济学界泰斗称他是"百年来只此一人"。刘正山列举跻身国际经济学界的华裔人士,计得六人:刘大中、蒋硕杰、邹至庄、张五常、黄有光、杨小凯。而杨小凯自己则谓:"当代中国经济学家中的大思想家并不多,张五常20世纪五六十年代和80年代初的不少著

张五常(1935— )

作是中国经济学家中最有思想深度的。诺斯、科斯都承认从张五常处学到不少东西。而在我看来,张有不少地方也超过了科斯。"

张五常向来以狂傲不羁著称,经常发表一些耸人听闻的言论,在经济学圈内久负"狂生"之名。张五常经常自称是"华人世界里最有影响力的经济学家",言必称自己和经济学大师科斯、弗里德曼的交情,并自称是唯一一位未获诺贝尔奖而被邀请参加了当年的诺贝尔奖颁奖典礼的经济学者。张五常拒绝诺贝尔经济学奖,理由是评奖委员会太"功利",他引用了一句广东家乡话——"面子是人家给的,架子是自己搭的。"

张五常看不起大多数的经济学家,因为"他们不明世事"。他自己除了正儿八经的学生和教授生涯之外,逃过荒,做过生意,卖过古董,搞过艺术展,打过官司,当过分析员,自然是"读万里书,行万里路"。所以他的文章虽格外简单,却百读不厌,常读常新。张五常讲话直截了当,不给人丝毫面子,因为他爱真理,而且因此骄傲。他说,1983年的一个晚上,写完《企业合约的本质》一文,虽尚未成稿,但已知是传世之作,一百年后还会有人阅读,"于是,我仰天大笑"。

张氏平素言辞,开口弗里德曼,闭口科斯,言必称芝大,目无余子。自述偶见报章有"香江第一健笔独领"语,当时的反应是"我对自己说:我可没有发这广告……",而其内心固以"香江第一健笔"自居矣。

张五常曾写过一篇题为《学术上的老人与海》的文章。在这篇文章中他说:"我是为过瘾而搞学术的。与自己的钓鱼兴趣一样,博大不取小。有等于无的学术文章,不写算了。所以从研究生开始写论文时,我就不自量力地去博大文。博了30多年,半条像《老人与海》的巨鱼也钓不到,虽然有几斤重的石斑总算钓过六七尾。"此话虽甚自负,但终究是经验之谈。接着他继续写道:"以经济学而言,我认为一篇发表了50年的文章,若还有每年被引用20次的影响力,那就真是一尾巨鱼了。据我所知,本世纪内只有科斯在1937年发表的那一篇达到这个水平。自己应该没有机会见到,但我那篇1983年任职港大时发表的《公司的合约本质》,今天看其成长,观其走势,似乎可与科斯打个平手。"

张五常曾说:"我可以肯定,我起码有六七篇文章,一百年后还会有人读。没有一个诺贝尔奖的得主敢这么说。"此外,他还夸口:"经济学上有三本书是写得最好的,一本是斯密的,一本是马歇尔的,一本是费雪的,但我正在写的《经济解释》把他们全盖过了。"张五常狂是狂,但虽狂而不妄,终是性情中人。

## 好名学者于省吾

于省吾(1896—1984)

明清四大高僧之一的莲池大师曾说过："人知好利之害,而不知好名之为害尤甚。所以不知者,利之害粗而易见,名之害细而难知也。故稍知自好者,便能轻利;至于名,非大贤大智不能免也。"好名之心比逐利之心更为难去。越是地位高的人,名心越难破。于省吾即是一例。

于省吾,字思泊,号双剑诊主人、泽螺居士、凤兴叟,辽宁海城人。我国著名的古文字学家、考古学家、古籍整理专家。

于省吾1896年出生于辽宁省海城县海城河中游南岸中央堡村一个塾师家庭。中学毕业后考入奉天(今沈阳)高等师范学校,并以优异的成绩毕业。他曾任安东(今丹东)县志编辑、奉天省教育厅科员兼临时视学等职,后得张学良器重,1928年被授予东北边防司令长官公署咨议,参与创办奉天萃升书院并任院监。后历任辅仁大学讲师、教授,北京大学教授,燕京大学名誉教授,故宫博物院专门委员,东北人民大学(今吉林大学)历史系教授、古文字研究室主任兼校学术委员会委员,中国古文字研究会理事,中国考古学会名誉理事,中国语言学会顾问兼学术委员,中国训诂学会顾问,国务院古籍整理出版规划小组顾问等。于省吾毕生致力于古文字学、古籍整理、古代历史、古代文物等方面的研究,治学严谨,成绩卓著。60余年的学术生涯,他笔耕不辍,著书14种(未正式出版者不计)、论文近百篇。

于省吾有一自撰联:"解义汉唐已晦后,考文周孔未生前。"足见其治学志向。另外,他还告诫弟子语"积风雨晦明之勤,节饮食男女之欲"。他的弟子曾这样评价先师:"校群经诸子,育中华英才,鞠躬尽瘁;考甲骨金文,写商周历史,博大精深。"应当说,这个评价是比较公允且符合实际的。于省吾在古文字尤其是甲骨文、金文的研究与考释和古代典籍的考证方面取得了丰硕的成果,他利用古文字的研究成果为我国古代史的研究做出了突出的贡献。然而,就是这样难得的一位学者,却难以摆脱好名的恶习。

于省吾壮年时曾自撰联语云:"书不读秦汉以下,志常在名利之间。"所谓"书不读秦汉以下",当然是自述其治学取向;而"志常在名利之间",虽属自嘲,亦事出有因。于省吾早年曾任东北巨头杨宇霆秘书,甚受赏识,遂得奉天省城税捐局局长的肥缺。九一八事变之后,乃携巨资移居北京,大力搜罗古文字、古器物以作研讨,仅商周重宝即多达200余件。故"文革"时有人骂他为"古董商"。他亦时常自称:"在读书人中,我是有钱的;在有钱人中,我是有学问的。"

1955年,于省吾被匡亚明礼聘为长春东北人民大学教授,一开始声言"不参加政治活动";而终亦和光同尘,与世周旋。罗继祖回忆,于省吾初到东北人民大学时,"颇斤斤于级别,曾语我,如我评级在容庚商承祚之下,叫我怎么出去见人?矜持十足。后知评为二级(其时学部委员才得评一级),与容商同,于是默无言"。容庚、商承祚二人皆是著作等身的大学者,为人耿直、平和,他们推崇"学术真诚"、"有容异己者"的气度。相比之下,于省吾的争胜好名便难免相形见绌,授人以柄。

**追影:**
**真名士自風流**

## 王选淡泊名利

王选(1937—2006)

王选是汉字激光照排系统的创始人和技术负责人。他研制开发的汉字激光照排系统技术,使我国的印刷业彻底告别了铅与火的时代,进入了光与电的时代。他的这一发明不仅实现了经济效益,而且带来了思想的变革;更重要的在于他不仅改变了科技进程,而且改变了一个时代。基于此,人们称他为"当代毕昇"。

王选在回顾、总结一生时,将自己的成功归结为:"敏锐的洞察力、执着精神、痴迷、团队精神,以及做一个好人。"王选说,一个成功的人,首先,要具有卓尔不群的洞察力和远见,也就是要有预见性。其次,对自己所喜爱的目标要能够狂热地去追求。另外,他要具备团结人的能力,也就是要有合作精神。一个人,应该自信而不自负,执着而不僵化。

王选生前多次讲过,要想做好学问,先

要做个好人。什么叫好人？季羡林先生说，"考虑别人比考虑自己稍多一点就是好人"。王选则说："我觉得可以再降低一点：考虑别人与考虑自己一样多就是好人。"王选的父母认为，要有成就得先做个"好人"，这条家训王选一生没有忘记。好人王选经常为自己获得的荣誉深感不安，他固执地认为自己"剥削"了很多年轻人的荣誉。他说："在我年轻最需要肯定和帮助的时候，没有得到承认。57岁了，忽然成为计算机界的权威。一年戴一顶院士桂冠，一下子成了三院院士（中国科学院、中国工程院、第三世界科学院）。在高新技术领域，年轻人有明显的优势，55岁以上的专家绝对是创造的高峰期已经过去，哪里有57岁的权威呢？"

谈到成功，王选再三强调做事、做人一定要有一种纯粹的、没有功利的人生态度。他说，真正的成功要靠长期的积累。许多人只看到成功者成名的那一刻，却没有看到他过去的经历和所付出的努力。王选说，"我非常赞赏西方的一句话，'一心想得到诺贝尔奖，反而得不到诺贝尔奖'。……我当年做事，根本没有想到金钱上的报酬以及个人荣誉。我觉得一个人能够取得一定的成绩，绝不是为了金钱或者获奖。因为这不可能刺激人这么长时间的奋斗。因为这种目的会使人急功近利，不可能让人潜心研究18年，没有这种可能性的。我分析，有成就的人都是被这个项目本身的价值和它的难度所吸引，产生了兴趣，然后推动着他，才能够长期奋斗下去。"正是因此，王选与妻子陈堃銶没黑没明、废寝忘食、殚精竭虑地忘我工作。由于长时间的劳累过度，陈堃銶得了直肠癌、呕吐、便血。王选自己也胸闷憋气，严重的时候呼吸都困难。回首往事，王选说："我们能从困境中过来，靠的是对事业和价值的追求，如果只图名利，就很难克服那些常人难以想象的困难。"对于世人普遍看重的名利，王选这样说，"中国古代有句话，上士忘名，将名利彻底淡忘；中士立名，靠自己的成就把名立起来；下士窃名，自己不行就窃取人家的。我做不到上士，但是我不会为了立名而去窃名"。

**追影：**
**真名士自风流**

由于众所周知的原因，今天我们的社会环境已经很难让人用 18 年时间去做一件事。现行学术体制下，那名目繁多的科研量化指标使得人的心境很难沉淀下来。想像王选那样淡泊名利，用 18 年时间去做一件事，今天已经不大可能。至于王选一再倡导的那种纯粹的、没有功利的做事做人态度，自然也就只能成为一种理想、一种绝唱。

# 第二章 趣闻

## 章太炎为何拒聘清华国学院

1924年初,清华学校报请当局,欲正式"改办大学"。同年10月,清华大学筹备委员会决定在筹建大学部的同时,筹备创建国学研究院。起初,清华校长曹云祥欲聘请在新文化运动中爆得大名的胡适主持国学研究院院务。胡适是一个有自知之明的人,他当即推辞,明确表示自己只做顾问不做院长。曹云祥不甘心,又提出请胡适出任研究院导师。胡适再次表示自己不够格:"非第一流的学者,不配做研究院的导师,我实在不敢当,你最好去请梁任公、王静安、章太炎三位大师,方能把研究院办好。"

后来,清华聘请了留学哈佛大学的一代名士吴宓主持国学研究院筹备事宜。吴宓上任后按照当初胡适的建议,拟聘请王国维、梁启超、章太炎三人出任研究院导师。在吴宓的诚恳邀请下,王国维、梁启超两位大师先后应聘。但是让吴宓意想不到的是,他上门聘请章太炎时却遭到了拒绝。

众所周知章太炎是著名的国学大师,以能文善论著称士林,国学造诣极高。他早年师从朴学大师俞樾,研究范围涉及小学、诸子、佛教、金石等,被誉为"最后一位古文经学大师"。章太炎的受业弟子也多为一时俊杰并为学界和社会所器重。

章太炎虽然学问博大精深,但为人偏激。他与王国维同为浙江人,一海宁,一余杭,且相距不远,按说关系应该不错,但实际上他与王国维素不交往。王国维以研究甲骨文并从中发现殷商先公先王名号而一举成为甲骨学的鼻祖和"新史学的开山"。而章太炎公开反对世间有甲骨文之说,他认为,龟甲刻文不见于经史,而龟甲乃"速朽之物",不能长久,焉能埋于地下三千多年不腐烂;龟甲文易作伪,是最不可信的。不仅如此,他还认为无论是社会上流传的还是安阳殷墟出土的甲骨文,都是奸商们鼓捣的假冒伪劣产品,是一群江湖骗子伪造的假古董,信它就是替骗子张目的妄人。这表明,章太炎此时的思想和学术眼光已越来越僵化,已不能适应时代的发展。

章太炎对梁启超也是多有不睦。当年他二人同为开一代风气之人物,后来因是"革新改良"还是"革命共和"等问题产生思想分歧并打过笔墨官司。因此,章太炎对梁启超始终是心怀不满,晚年他曾与人论文说:"文求其人,则代不数人;人不数多,大非易事,但求传入史则可矣。若梁启超辈,有一字能入史耶?"

正是因为以上这些原因,章太炎不愿与王国维、梁启超共事。加之他向来又自视甚高,说什么也不肯居王国维、梁启超之后,所以他数次拒绝出任清华国学研究院导师。由此,章太炎失去了在清华一试身手、大展宏图的机会,而清华也失去了一位名盖当世的国学大师,这不能不叫人扼腕。

## 鲁迅是怎样对待金钱的

鲁迅是五四前后那一代人中第一个正视并明确阐明金钱重要性的人。1923年12月26日,鲁迅应邀为北京女子高等师范学校文艺会做了一个演讲——《娜拉走后怎样》。在这个演讲中,鲁迅讲道:"……钱是要紧的。钱这个字很难听,或者要被高尚的君子们所非笑,但我觉得……钱,——高雅的说罢,就是经济,是最要紧的了。自由固不是钱所能买到的,但能够为钱所卖掉……为准备不做傀儡起见,在目下的社会里,经济权就见得最要紧了。"(《鲁迅全集》第一卷,第161页)读到这里,我们不禁会产生一个疑问:鲁迅的经济生活究竟怎样,他又是怎样对待金钱的?

陈明远先生曾花费大量精力仔细研究了鲁迅从1912年5月抵达北京到1936年10月在上海逝世期间长达24年的日常经济账。据陈先生的说法,鲁迅23年间(因

鲁迅(1881—1936)

1922年日记缺失，不计）共收入119,873.3圆。这个数目相当于现今人民币408万元以上。对于陈先生给出的这一数字很多人可能会有异议，但不管怎样，鲁迅的经济地位在当时处于"中间阶层"，当是无可辩驳的。事实上，鲁迅当时过的是一种"中等偏上"的生活。鲁迅爱吃酒席、下馆子、请客、赴宴、听曲、看戏、看电影，泡中央公园和北海茶座，打车、兜风，逛琉璃厂买价格不菲的书籍、碑帖、文物。

鲁迅对待金钱的态度是格外重视且相当认真的。他除拿着教育部公务员的薪水外，还先后在北京八所学校兼课长达六年，如果再加上写作、翻译以及编辑所得的各种版税和稿酬，收入不可谓不高。但是即便如此，鲁迅对金钱还是精打细算，精细到每笔收入支出几乎都有记载，这从他的《日记》收入、《家用帐》以及《书帐》都能看出。鲁迅对金钱的重视有时甚至到了"斤斤计较"的程度。为捍卫自己的经济权，鲁迅一再向北洋政府索取欠薪，并且以小科长职务告倒了部长章士钊。1928年，鲁迅发觉北新书局克扣他的版税，于是他不惜与老友翻脸，请来律师为自己追回被扣压的版税旧债……

关于鲁迅的经济生活，"鲁研界"一直很少有人去做专门而深刻的研究。给人的印象是，好像一涉及金钱，就会影响鲁迅的形象、地位，其实不是那样的。鲁迅之所以能成为鲁迅恰恰是与此分不开的。如果不是鲁迅想方设法地去挣钱，如果不是鲁迅"斤斤计较"、千方百计地保持经济上的独立，也许他早被黑暗所吞噬，即使不被黑暗吞噬也会为世俗生活所扼杀，那就没有今天我们称之为"鲁迅精神"的东西。

正是丰厚的收入让鲁迅在动荡、混乱的岁月里能够自食其力、自行其是、自得其乐；正是独立自由的经济状况，让鲁迅一不依附于"官"，二不依附于"商"，既做到言论思想的自由，也做到人格的卓然独立。可以说，物质上的富裕和精神上的自由，是构成"鲁迅精神"互为表里、缺一不可的两面。正如陈明远先生所言，离开了钱的鲁迅不是完整的鲁迅，更不是真正的鲁迅。

## 鲁迅误会蔡元培

鲁迅与蔡元培同为浙江绍兴人。对于比自己小13岁的同乡鲁迅,蔡元培终其一生都是另眼相看,提携有加。郭沫若曾说:"鲁迅的进教育部乃至进入北京教育界都是由于蔡元培的援引。一直到鲁迅的病殁,蔡元培是尽了没世不渝的友谊。"郭沫若说得没错,蔡元培堪称鲁迅的"职场贵人"。我们甚至可以这样说,"没有蔡元培就没有鲁迅"。蔡元培如此器重、善待鲁迅,按说鲁迅对蔡元培应该是感恩戴德,乃至敬重有加、没齿不忘。但是事实上,鲁迅对蔡元培非但没有感恩之心,反而是无端地猜忌、中伤。

1926年2月,时为国民党中央监察委员的蔡元培从欧洲考察回沪。记者报道了他的一番谈话,"对学术界现象极不满。谓现实问题,固应解决,尤须有人埋头研究,以规将来"。鲁迅知道后便在《无花的蔷薇》中公开点名批评蔡元培:"蔡孑民(蔡元培,号孑民)一到上海,《晨报》就据国闻社电报郑重地发表他的谈话,而且加以按语,……我很疑心那是胡适之先生的谈话,国闻社的电码有些错误了。"

有一种人内心自私、狭隘,见到朋友比自己混得好,心理失衡,遂阴阳怪气地说几句不中听的话。鲁迅此时的心态大约正是如此。如果说鲁迅这时还只是心中稍稍有点"不平"的话,那么此后在蔡元培聘其为大学院特约撰述员这件关乎个人切身利益的事情上,鲁迅的所作所为便实在是缺乏"君子之风"了。

1927年6月17日,蔡元培被南京国民政府任命为中华民国大学院院长(相当于教育部部长),这时不少人都想通过蔡元培谋得一席之位,鲁迅自不例外。此前,6月12日,鲁迅在给章廷谦(笔名:川岛)的信中就已经酸溜溜地对蔡元培有所不满:"我很感谢你和介石(郑奠,字介石)向孑公去争,以致此公将必请我加入研究院。然而,我有何物可研究呢?古史乎,鼻(指顾颉刚)已'辨'了;文学乎,胡适之已'革命'了,所余者,只有'可恶'而已。可恶之研究,必为孑公所大不乐闻者也。其实,我和此公,气味不投者也。民元以后,他所赏识者,袁希涛、蒋维乔辈,则十六年之倾其所赏识者,也就可以类推了。"9月19日,鲁迅又说:"饭仍是蒋维乔、袁希涛口中物也。"

1927年10月1日,蔡元培正式就任大学院院长。许寿裳传来蔡元培欲聘鲁迅、江绍原等人为"特约撰述员"的消息。对此,鲁迅大为动心,但难免又揣测之。10月21日,鲁迅在致江绍原的信中说:"季茀(许寿裳,字季茀)有信来,先以奉闻。我想此事与兄相宜,因为与人斗争之事或较少。但不知薪水可真拿得到否耳。"一星期过去了,没有消息,这时鲁迅已经显得有些焦急难耐了。10月31日,他再次致信江绍原:"季茀所谈事迄今无后文,但即有后文,我亦不想去吃,我对于该方面的感觉,只觉得气闷之至,不可耐。"七天后,鲁迅致信章廷谦云:"季茀本云南京将聘绍原,而迄今无续来消息,岂蔡公此说所以敷衍季茀者欤,但其实即来聘,亦无聊。"这时鲁迅对蔡元培的人格已经开始怀疑了。一个月后,焦躁不安的鲁迅实在按捺不住心中的怨气,在致章廷谦的又一封信中,尽情地发泄了对蔡元培的不满:"太史之类,不过傀儡,其实是不在话下的,他们的话听了与否,不成问题,我以为该太史在中国无可为。"蔡元培在清末曾做过翰林,所以鲁迅称他"太史"。此时,鲁迅对蔡元培已经是骂出口了。

  1927年12月,再也等不下去的鲁迅终于放下架子,借为昔日学生荆有麟写推荐信的机会,向蔡元培巧妙地表达了自己的葵藿向阳之意。鲁迅的这封信是12月6日写的,两天后,也就是12月8日就收到了蔡元培聘他为大学院特约撰述员(月薪300元)的聘书。显然,在鲁迅未写这封"示好"信之前,蔡元培的聘书已经寄出。由此可见,鲁迅此前的种种行为纯粹是以小人之心,度君子之腹。

## 鲁迅与林语堂因何失和

鲁迅与林语堂失和的直接导火索是"南云楼风波"。1929年8月28日,北新书局的老板李小峰在南云楼设晚宴,宴请鲁迅、林语堂夫妇、郁达夫夫妇、川岛等文化界名流。此前,鲁迅因版税问题与李小峰闹得很不愉快,以致对簿公堂,后经郁达夫调解,两人达成一致。因此,这顿饭带有明显的"和好"之意。

席间,有人忽然提到一个人——张友松。张友松是鲁迅的学生,也是一个青年作家。张友松自己也想办一家书店,为此他多次请鲁迅、林语堂等人吃饭,并一再表示自己要以李小峰为戒,决不拖欠作者的版税。为了拉拢鲁迅,张友松不惜暗中中伤李小峰。外界不少人认为,鲁迅与李小峰的矛盾很大程度上是张友松挑拨的,所以鲁迅很忌讳这件事。

当有人提起张友松的名字时,一向心直

口快的林语堂也没细想前因后果，就跟着别人连连点头附和。林语堂原以为自己是在替鲁迅说话，可是鲁迅并不那样认为。鲁迅认为林语堂是在讥讽他，当场脸色发青，从座位上站起来，大声喊道："我要声明！我要声明！"显然，鲁迅这时已有几分酒意。他一拍桌子："玉堂（即林语堂），你这是什么话！我和北新的诉讼不关张友松的事！"林语堂站起来辩解："是你神经过敏，我没有那个意思！"两人越说越上火，像一对涨红脸的公鸡一样，你瞪着我，我瞪着你，足足有两分钟。郁达夫见势不好，赶紧站出来，一手按下鲁迅，一面拉着林语堂和夫人廖翠凤赶紧离开。

　　对于这场风波，鲁迅在当天的日记中这样写道："二十八日……晚霁。小峰来，并送来纸版，由达夫、矛尘作证，计算收回费用五百四十八元五角。同赴南云楼晚餐。席上又有杨骚、语堂及夫人、衣萍、曙天，席将终，林语堂语含讥刺。直斥之，彼亦争持，鄙相悉现。"同样，林语堂也在1929年8月的一处日记中写道："八月底与鲁迅对骂，颇有趣，此人已成神经病。"

　　一句无心的话让一对朋友失和，这看似偶然，其实偶然之中也有必然。这个必然就是思想观念的分歧。1933年8月25日，鲁迅写了《"论语"一年——借此又谈萧伯纳》。文中直接说道，林语堂与萧伯纳的"幽默"有所不同，"林所提倡的东西，我是常常反对的"。8月27日，鲁迅又作《小品文的危机》，谓林语堂所提倡的小品文是"文学上的摆设"，"靠着低诉和微吟，将粗犷的人心，磨得渐渐平滑"，矛头再次指向林语堂。但林语堂也有自己的思想，他主张"幽默"、"性灵"，提倡"以自我为中心，以闲适为格调"。为了回应鲁迅，林语堂1934年1月1日写了《论幽默》一文。他说："幽默本是人生之一部分，所以一国的文化，到了相当程度，必有幽默的文学出现。……好的幽默都是属于合情合理，其出人意外，在于言人所不敢言。……人之智慧已启，对付各种问题外，尚有余力，从容出之，遂有幽默。"由此可见，鲁迅与林语堂失和，根源在于两人思想观念上的巨大差异，"道不同不相为谋","南云楼风波"只不过是个导火索而已。

　　1936年10月19日，鲁迅因病逝世。四天后，林语堂写下了这样一段情深意长的文字："鲁迅与我相得者二次，疏离者二次，其即其离，皆出自然，非吾与鲁迅有轻轩于其间也。吾始终敬鲁迅；鲁迅顾我，我喜其相知，鲁迅弃我，我亦无悔。大凡以所见相左相同，而为离合之迹，绝无私人意气存焉。"这话可视为林语堂对鲁迅的"盖棺定论"。

## 胡适晚年太好名"白活30年"

在中国近现代史上胡适绝对是一个"箭垛式"的标志性人物,他在文学、哲学、史学、考据学、教育学、伦理学等诸多领域均建立起了不凡的建树。但就是这样一个大师、巨擘式的人物,却同样难以摆脱传统文人好名的痼疾。

胡适早在少年时代便显露出好名之心。胡适的二哥胡觉(绍之),是影响胡适思想的一个重要人物。1905年胡适与澄衷学堂总教白振民发生矛盾后,胡觉写信规劝胡适:"弟所以致此者,皆好名之心为之,天下事实至名归,无待于求。名之一字,本以励庸人,弟当以圣贤自期,勿自域于庸人也。"由此可见,胡适当时好名已很严重了。此后,胡适自己在日记中也一再痛责自己"好名",说这是他一生大病根之一,而欲痛改。

1917年尚在美国留学的胡适凭着一篇

追影：
**真名士自風流**

　　《文学改良刍议》一夜成名。此前的 1916 年，胡适的好友梅光迪就曾直言胡适好名邀誉，"皆喜以前无古人，后无来者自豪，皆喜诡立名字，号召徒众，以眩骇世人之耳目，而己则从中得名士头衔以去焉"。爆得大名之后的胡适处处以名士自居。他每礼拜日会客，无论何人，概不拒绝，不管来客是学生、商人还是强盗、乞丐，他都热情接待。问学的他指导门径，穷困的他解囊相助，求职的他修书引介，整个一"万金油"。至于交游之广、朋友之多，上至总统、主席、达官、贵胄，下至司厨、贩夫、卖浆、走卒，简直到了泛滥的程度。这种状况到了晚年更加严重。

　　胡适晚年越来越爱虚名。内心喜欢热闹，喜欢被人追捧，有一种成为偶像的渴望。为此，他不断地制造社会声望，好像自己很亲民。胡适晚年在台湾做"中央研究院"院长，每天高朋满座，迎来送往，根本不能治学。他在中研院公开宣称，星期天任何人都可以来看他，开车的、做生意的，都可以排队去看他。对于胡适的这种"非学者的生活方式"，台湾学者韦政通颇不以为然，他甚至这样评价胡适："胡适 40 岁死了完全不影响他的历史地位，他后面的 30 年差不多等于白活。他中年以后学术上几乎没有任何新的成就。"岳南先生在《从蔡元培到胡适：中研院那些人和事》一书中也有类似的表达。他说，直到中研院院长选举之时，国人并不清楚胡适以中国驻美大使身份，在国外领受了多少博士学位。不过从胡适一生在国外弄了 35 顶博士帽子推断，这个时候恐怕已有 30 多顶博士或相关名誉博士帽子戴在头上了。除此之外，胡适弄到的"外国会员"头衔更是不计其数。这个时候国内有不少人对胡适在驻美大使的位子上，"只好个人名誉事，到处领学位"的行径颇为不满。王元化先生生前说过，"胡适做人太好名"。胡适连给人写信都要誊抄一份留下来作为底稿，胡适的日记明显看得出来主要是写给别人看的，而且是为了日后发表。李宗仁也说胡适"爱惜羽毛"。就连唐德刚先生也不得不承认，胡适看重身后之名。

孔子说："三代以下唯恐不好名。"好名本是人的一种天性。对于年轻人来说，好名不是什么坏事，可能是一种动力。但是人一旦上了年纪，有了相当程度的名誉之后，就应该有一个自觉，不可再去刻意追求盛名。一个人如果被盛名所蔽，那是非常糟糕的事情。有一点名气可以使自己满足，但绝不可追求更大的名气。追求更大的名气，必然会像胡适那样浪费掉大量时间。

张学良先生晚年写过一句诗："白发催人老，虚名误人深。"这话值得每个人深思。

## 冯友兰：“把最大的奉承留给自己”

冯友兰（1895—1990）

学者余英时在一次谈话中向人说起，他对冯友兰晚年写的《三松堂自述》一书有一些自己的看法，原准备想写文章，但是后来因为某些原因却不便再公开写文章批评了。余英时先生是当今海内外公认的学术大家，他这样说自然引起世人极大的兴趣，很想看个究竟。

作家陈仓在《孤行独思录》中写道："不自信、不反省、不忏悔的人总是选择性赞扬自己，故意屏蔽自己的过失，把最大的奉承留给自己，以完人自诩。"读冯友兰自述，让人惊愕：一位著名的哲学家居然也"把最大的奉承留给自己"！

冯友兰在自序中称他写这部自述是"忆往思，述旧闻，怀古人，望来者"、"非一书之序，乃余以前著作之总序也"，但事实上就给人的感觉而言，这部书更像是他给自己写的一部"歌功颂德"史。对于自己的家世、成就、业绩,包括那些偶一为之的好事、善举,他是不惜笔墨、大肆渲染,唯恐别人忘记。相反,对于那些于己不利的历史事实他则是有意无意地回避,实在回避不了就百般地澄清辩解。

有学者曾指出冯友兰身上有一种"应帝王"情结,对于政治他格外地患得患失。1945年春,国民党召开第六次全国代表大会。冯友兰以河南省代表身份出席,对此他显然是沾沾自喜,"自从卢沟桥事变以后,蒋介石召开座谈会,讨论抗战问题,我被邀参加第三次座谈会,可是开会的日期还没到,北京就沦陷了,抗战势在必行,那次座谈会不开了。以后全国性的会议,都没有邀我去参加。国民参政会也没有我。我当时心中很感不满。我当时想,你上层不找我,基层倒选举我了,我去一趟叫你们看看"。这段文字足见冯友兰的功利之心。几十年后,冯友兰再露心迹,"无论如何,经过'四人帮'这一段折腾,我从解放以来所得到的政治待遇都取消了,我又回到解放初期那个时候的情况。这也可以说是'赤条条来去无牵挂'吧"。抱怨之情显而易见。

阅读自述明显地感觉到冯友兰存在严重的人格缺陷。1933年,冯友兰赴英讲学。其间他给罗素写了一封信,罗素给他回了信。接着他又写了一封,提出让罗素为他写一篇序,罗素拒绝了。对于这样一件原本并不足道的事,冯友兰居然津津乐道:"可惜的是,罗素先生的那封亲笔信后来也遗失了。"难免给人以攀附之嫌。冯友兰还借鲁迅致杨霁云的信来抬高自己,标榜自己"安分守己"。李约瑟对冯友兰非常轻视,对其学说也颇不以为然。但是对此,冯友兰只字不提。

冯友兰时常做出一些自相矛盾的事。1925年,冯友兰向中州大学校长张鸿烈"开诚布公"地提出自己要当校务主任,遭到张的拒绝后冯友兰说:"我从国外回来……有两个前途可供我选择:一个是事功,一个是学术。我在事功方面,抱负并不大,我只想办一个很好的大学……"但是不久他又说:"在学校教课是一种苦事,好像是替人家当奶妈,放着自己的孩子不能喂,去喂别人的孩子。"如此之矛盾,怎能叫人信服?

孟子曰:"诵其诗,读其书,不知其人,可乎?"我们只要看看身处同样历史境遇的其他人的表现就能知道冯友兰的另一面究竟是什么样的?西南联大时冯友兰与潘光旦同住在农民家里,夜里兵痞来打狗吃狗肉。对此,一条腿的潘光旦能站出来阻止,冯友兰却只能明哲保身。1941年,国民党要求西南联大院长以上职务的人必须是国民党党员。对此,陈序经能说:"如果一定要我参加国民党,我就不做这个院长。"冯友兰却只能默然接受。"批林批孔",梁漱溟可以说:"三军可夺帅也,匹夫不可夺志。"冯友兰却只能"紧跟高举"……

人行世间趋利避害,难免有"不得已"或"言不由衷"、"身不由己"的时候,这本无可厚非。问题是一个人到了"望九之年"总结自己的一生尚不能坦然面对自我,又岂能期望别人去敬重自己呢?

## 沈从文是怎样对待名利的

沈从文先生是我国现代文学史上举世公认的文学大师，他一生为人低调，不事声张，对待名利更是有着与常人迥然不同的智慧看法。

抗战时，沈从文被选为湖南省议员，但他一笑拒之。1958年，中宣部副部长周扬在庆祝"反右"斗争胜利的宴会上宣布让沈从文担任北京市文联主席，沈从文当场回绝，这让当时在场的很多人目瞪口呆，而熟识沈先生人品的人觉得这并不足为奇，因为淡泊名利是沈从文的秉性。

1966年"文革"初期，江青醉心拉拢一批著名知识分子为自己捧场，试图借当年师生关系与沈从文套近乎，很多人奉劝沈从文写信给江青，以便自己不再受冲击和批判，沈从文却断然拒绝，并努力避免与江青接触。沈从文从不攀权附势。

"文革"以后，沈从文被人们重新"拾

起"并得到重视,这一时期出现了一个阅读与研究沈从文的热潮。对此,沈从文自己却表现出惊人的平静。他在谈到自己的文学创作时,总是轻轻地挥着手:"那都是些过时了的东西,不必再提起它。……我只不过是个出土文物。"

1982年6月19日,中国文联第四届全国委员会第二次会议在北京举行。会上,沈从文当选为全国文联委员。显然,这代表了人们对沈从文的普遍认同,但沈从文自己却不在意这一切,他对和自己住在一间房里的朱光潜说:"孟实(朱光潜,别名孟实),你去替我向上边说说,让他们把我的名字拿去,我是个不会做这种事的人。"对于这样一个别人挖空心思、想尽法子要争的位子,沈从文却是如此的看轻,这不能不叫人佩服。

沈从文是一个死守原则的人,他不会为了名或利而降低自己的做人原则。1982年,上海电影制片厂决定将他的小说《边城》改编成电影《翠翠》。这在一般人看来无疑是一个名利双收的好机会,尤其是对于一个刚刚复出的人来说,那更是求之不得。但是当沈从文发现对方不尊重原作、随意添加"阶级斗争"等子虚乌有的内容,压根儿并不是为了艺术而工作,而是另有所图的时候,向来为人谦和的沈从文愤怒了。尽管有老友徐盈从中斡旋,沈从文还是退回了上影厂寄来的"改编费",并断然拒绝了他们的拍摄要求。沈从文在这里维护的并不是一部自己的作品,而是文学的纯洁性和自己一向的做人原则。

20世纪80年代,一股"沈从文热"在中国悄然兴起。在这股热潮中沈从文向来不是一个"加柴者",相反,他充当的是一个"灭火者"的角色。在与朋友、学生的通信中,沈从文一再引述的是"血气既衰,戒之在得"这样的话,而且反复告诉别人,"极希望少在报刊上见到姓名"。

对于宣传自己的各式各样的活动,沈从文一贯采取"不合作"的态度。凌宇是沈从文的同乡,也是国内外知名的沈从文研究专家,新时期以来,他先后出版了《从边城走向世界》、《沈从文传》等多部著作,为沈从文的复出付出了艰辛的劳动。有一次沈从文从别人处得知凌宇正在筹办一个规模宏大的"沈从文国际学术研讨会",他立即给凌宇去了两封信,坚决要求取消这样的活动,其中1988年4月8日的信是这样写的:

凌宇兄:

《庄子·大宗师》:"夫大块载我以形,劳我以生,佚我以老,息我以死。"孔子云:"血气既衰,戒之在得。"这两句话,非常有道理,我能活到如今,很得力这几个字。但愿你也能记住这几个字,一生不至于受小小挫折,即失望。你目下的打算,万万走不通,希望即此放下痴心妄想。你只知道自己,全不明白外面事情之复杂。你全不明白我一生都不想出名,我才能在风雨飘摇中,活到如今,不至于倒下。这十年中多少人都忽然成为古人,我亲见到的。应知有所警戒。你不要因为写了几个小册子,成为名人,就忘了社会。社会既不让我露面,是应当的,总有道理的。不然我哪能活到如今?你万不要以为我受委屈。其实所得已多。我不欢喜露面,请放弃你的打算,自己做你研究,不要糟蹋宝贵生命。我目下什么都好,请勿念。并问家中人好。

沈从文<br>一九八八年四月八日

"戒之在得"——这就是沈从文对待名利的一贯态度。"暮色苍茫看劲松,乱云飞度仍从容",沈从文对待名利的这种超然是建立在他独特、曲折而又心酸的人生际遇基础之上的,那是一种对于世事的洞彻和清醒。

## 金岳霖：哲学是一场严肃的游戏

金岳霖（1895—1984）

在中国现代哲学史上，真正称得上建立起自己哲学体系的哲学家并不多，金岳霖算一个。哲学家张申府曾提出："在中国哲学界，以金岳霖先生为第一人。"这话绝非溢美之词。金岳霖早在20世纪三四十年代就先后完成了《逻辑》、《论道》、《知识论》三部大著，从方法论、本体论和认识论层面构建了一个完整的、独具魅力的金氏哲学体系。

金岳霖以研究逻辑学著称于世。西南联大时，曾有学生问金岳霖："老师，逻辑这门学问这么枯燥，您为什么要研究呢？"金岳霖回答："我觉得它很好玩。"1927年，金岳霖写了一段充满智慧的文字："坦白地说，哲学对我们来说是一种游戏。……我们不考虑成功或失败，因为我们并不把结果看成是成功的一半。正是在这里，游戏是生活中最严肃的活动之一。其他活动常常有其他打算。政治是人们追求权力的领域,财政和工业是人们追求财富的领域。爱国主义有时是经济的问题,慈善事业是某些人成名的唯一途径。科学和艺术、文学和哲学可能有混杂的背后的动机。但是一个人在肮脏的小阁楼上做游戏,这十足地表达了一颗被抛入生活之流的心灵。"在金岳霖看来,哲学是一场游戏,一场好玩但却严肃的游戏。金岳霖随口说出的这句戏言,不幸却成为他此后一生命运的概括。

金岳霖原本是一个十分严肃、固执、自信,以至于自负的哲学家。然而新中国成立后,他却成为最早放弃自己哲学思想的哲学家之一。其转变之快,连他的学生都觉得意外。在金岳霖的学术转变中,究竟有多少内在的、自觉的成分,今天我们已不得而知。但是据说,在20世纪50年代的思想改造运动中金岳霖曾和同为著名哲学家的冯友兰抱头痛哭,原因是几次检讨都没有通过。金岳霖不是凡夫俗子,他是享有世界声誉的著名哲学家,是一个拥有自己思想体系,有自己信仰的知识分子。西南联大时期,金岳霖与他的学生殷海光有过一次精彩的对话。当时正是各种"主义"竞相涌起的时候,殷海光问他的老师,"哪一派是真理?"金岳霖沉吟片刻后,缓缓作答:"凡属所谓'时代精神',掀起一个时代人兴奋的,都未必可靠,也未必能持久。"殷海光又问:"那什么才是比较持久而可靠的思想呢?"金岳霖说:"经过自己长久努力思考出来的东西。……比如说,休谟、康德、罗素的思想。"这段话,后来影响了殷海光整整一生。然而,作为老师的金岳霖,当他深处历史的旋涡后,却很快放弃了那些经过自己长久努力思考出来的东西,并将自己当年教诲学生的那番话置之脑后。难道哲学对金岳霖而言真的就是一场可有可无的游戏?

金岳霖早年毕业于美国哥伦比亚大学并获得政治学博士学位。对于政治,金岳霖坦率地承认自己"一方面对政治毫无兴趣,另一方面对政治的兴趣非常之大"。在50年代以及其后的各项政治运动中,金岳霖都曾满腔热忱地全身心投入。他批胡适、批梁漱溟、批费孝通，甚至批自己向来尊敬的罗素。当金岳霖做这些事的时候，他内心有没有痛苦呢？我想大约还是有的吧。金岳霖迈入暮年之后，终于对自己热衷政治产生了一丝悔意，他开始觉得自己"这个搞抽象思维的人，确实不宜于搞政治"。他迷惑地自问："我在解放后是不是失去了这个自知之明呢？"

客观地讲，金岳霖的转变，乃是一个时代知识分子的普遍选择。而对知识分子的态度往往成为一个时代政治是否宽容的主要标志。金岳霖的转变对于我们思考一代知识分子在特定时代下的历史命运固然有着重要的参考意义，但从知识分子自身来说这何尝不是一次自我反思的机会。

## 第二章 趣闻

### 钱锺书：「我不需要出名」

钱锺书先生一生淡泊名利。对于世人趋之若鹜的"名",他有与众不同的看法。他在《魔鬼夜访钱锺书先生》一文中写道:"人怕出名啊!出了名后,你就无秘密可言。甚么私事都给采访们去传说,通讯员等去发表。这么一来,把你的自传或忏悔录里的资料硬夺去了。将来我若作自述,非另外捏造点新奇事实不可。"基于此,钱锺书对名有一种本能的害怕并时刻保持警惕。

钱锺书不喜欢抛头露面,不喜欢记者采访。为此,他拒绝接受任何记者的采访,拒绝摄影记者的镜头,即使是电话采访也不接受。偶尔有记者突然袭击上门采访,钱锺书便立在门口,将其挡在门外,小谈片刻便做出送客的姿态。即使放进门来,也绝口不谈自己。

1985年冬,香港记者、女作家林湄到北

京想采访钱锺书,怕遭到他的拒绝,就邀请时任《文艺报》副主编的吴泰昌先生帮忙。吴泰昌先打了个电话,被婉拒。无奈之下,吴泰昌决定来一次突然袭击。一天下午,他和林湄突然出现在钱锺书的家门口。一见面,钱锺书便笑哈哈地说:"泰昌,你没有引蛇出洞,又来瓮中捉鳖了……"由于林湄女士是带着香港文学杂志社社长刘一鬯先生的问候,加之吴泰昌又是老朋友,钱锺书破例接受了林湄的采访,但要求其不做笔记不录音。采访结束后,林湄根据记忆写了一篇文章《速写钱锺书》。稿子写成后,林湄将文章寄钱锺书审阅。钱锺书做了多处修改,把那些称赞他的话全部删去。在给林湄的回信中,钱锺书这样写道:"大搞活泼有感情,但吹捧太过,违反我的人生哲学,也会引起反感。过奖必将招骂,这是辩证法……"在"违反我的人生哲学"这一句旁,钱锺书特意加上小圆圈,以示重要。

1991年,18家省级电视台联合拍摄《中国当代名人录》,将钱锺书列入第一辑,结果被他婉拒。友人告诉他对方有巨款酬谢,钱锺书冷冷地说:"我都姓了一辈子'钱'了,还会迷信这东西吗?"中央电视台名牌栏目《东方之子》,主要是以国内优秀人物为拍摄对象,很多人将能成为"东方之子"引为毕生之荣耀,然而钱锺书至死不接受采访。他说:"我不需要出名。"

钱锺书曾说过,大抵学问是荒江野老屋中,二三素心人商量培养之事。做学问得有一颗素朴的、无功利的心。所以,他生前一再奉劝别人不要研究他,反对别人为他写传记,反对建立"钱学"。他不愿出全集,明确表示自己的作品不值得全部收集。为潜心治学,钱锺书拒绝各种社会头衔,拒绝出席各种学术会议,拒绝为他父亲举办百年诞辰纪念,拒绝国外多所大学的盛情邀请,拒绝法国政府授其勋章,拒绝美国的天价讲课费,拒绝祝寿,拒绝出席国宴,拒绝一切浪费生命的各种应酬……

钱锺书的这些拒绝、不合作,这些矜持和风骨,充分地显示了一个知识分子的精神操守。

## 李健吾批巴金

李健吾，笔名刘西渭。他是20世纪30年代很活跃也很著名的一流批评家。他在30年代末40年代初出版了《咀华集》、《咀华二集》等四本批评专集，影响很大，至今也为人称道。香港有一位学者在自己编写的一部现代文学史中这样评价李健吾："20世纪30年代的中国有五大文艺评论家，即周作人、朱光潜、朱自清、李长之和刘西渭，其中以刘西渭成就最高。他有周作人的渊博，但比周作人更通明；他有朱光潜的融会中西，但比朱光潜更圆熟；他有朱自清的温柔敦厚，但比朱自清更圆融无碍；他有李长之的洒脱豁朗，但比李长之更有深度。他的作品为中国文学批评树立了典范。再进一步说，没有刘西渭，30年代的文学批评几乎就等于空白。"李健吾之所以会得到如此高的评价，并不是因为他的文学批评多么正确、多么深刻，而主要是因为他有主见，敢于说真话，不怕得罪人，有着空前的良知与勇气。

李健吾（1906—1982）

# 追影:
## 真名士自风流

李健吾和巴金是一对十分要好的朋友,平时两人以兄弟相称。但是即便如此,李健吾还是照批巴金不误。1935年,李健吾写了长达万言的文章评巴金的《爱情的三部曲》,巴金不同意他的一些观点,在《文学季刊》上公开发表了《〈爱情的三部曲〉作者的自白》,对李健吾的评论进行反驳。李健吾看了他的自白后,不以为然,又写了《答巴金先生的自白》。这是一场持续半年、三个回合的笔墨"官司"。李健吾评《爱情的三部曲》,首先肯定了作品的积极方面,但另一方面认为巴金的作品只有热情,只有革命加爱情,没有风格,是失败的,他的主人公慧是"恋爱至上主义者","革命和恋爱的可笑言论,把一个理想的要求和一个本能的要求混在一起","《雾》的失败由于窳陋,《电》的失败由于紊乱"等等。巴金看后,立刻写了反驳文章,批评李健吾没有看懂《爱情的三部曲》,只是在书斋里,看着福楼拜、左拉、乔治桑,看花了眼,是"坐着流线型汽车","指手画脚",没有看到应看到的东西,没有看到作品的实质。巴金说,"我不承认失败","三部曲写的只是性格,而不是爱情","《电》并不紊乱",说《雾》窳陋,"是你的眼睛滑到别处去了","你说《雾》的海滨和乡村期待着如画的景色,我就埋怨你近视了,你抓住了一个支点,放走了主题。我并不是写牧歌。我是在表现一个性格,而这性格并不需要如画的背景"。还说"你从头到尾只看见爱情,你却不明白我从头到尾就不是在写爱情","从《雾》到《雨》,从《雨》到《电》,一路上只有一件东西",就是信仰。在巴金做了反批评之后,李健吾仍坚持自己的意见,他在《答巴金先生的自白》中说:"作者的自白重叙创作的过程,是一种经验;批评者的探讨,根据作者经验的结果(书),另成一种经验。最理想的时节,便是这两种不同的经验虽二犹一。但是,通常不是作者不及,便是批评者不及,结局是作者的经验和书已然形成一种龃龉,而批评者的经验和体会又自成一种龃龉,二者相间,进而成一种不可挽救的参差,只得各人自是其是,自非其非,谁也不能勉强谁屈就。……我不惧悔多写那篇关于《爱情的三部曲》的文字……我无从用我的理解钳封巴金先生的'自白',巴金先生的'自白'同样不足以强我影从。"

李健吾认为作家有作家的立场和观点,批评家有批评家的立场和观点;作家不能强迫批评家改变自己的批评观。这场笔墨"官司"的结果是各持己见,谁也没有说服谁。巴金小说的缺陷,现在我们大都知道,但是那个时候,巴金却是风头正健、炙手可热,别人没人留意,就是感觉到了,恐怕也没人敢说。但李健吾不同,他看到了,他就要说出来。巴金曾经说过一句自命不凡的话:"文学是什么?我不知道……因为我自己就没有读过一本关于文学的书。"这话,即使到了晚年,巴金还是常说。对于这句话,李健吾当年是这样驳斥的:"没有读过一本关于文学的书,巴金先生真正幸运。创造的根据是人生,不一定是文学,然而正不能因此轻视文学,或者关于文学的书。文学或者关于文学的书,属于知识,知识可以帮忙,如若不能创造。巴金先生这几行文字是真实的表白,然而也是伪谦;伪谦便含有不少骄傲的成分。"这就是李健吾。即使是自己最好的朋友,他也要说真话,该批照样批。绝不会因为是朋友就纵容和姑息。后来,巴金遭到批判,被打倒,当年吹捧他的那些角儿纷纷避开,但是李健吾没有,他愈发地与巴金亲近起来,派自己的两个女儿先后给巴金送去800元钱。这对于穷困中煎熬的巴金来说真正是雪中送炭!李健吾用自己的"傻"气温暖着受难者的心。多少年之后,病体缠身的巴金还常常念叨李健吾,一再深情地说,"想到健吾,我更明白,人活着不是为了'捞一把进去',而是为了'掏一把出来'","他那金子般的心,是不会从人间消失的"。

李健吾的批评集中地表现在他追求真理,公平公正,不为功利及他种因素干扰和左右。1982年他在《李健吾文学评论选》序言中说:"一个批评者有他的自由。他不是一个清客,伺候东家的脸色;他的政治信仰加强他的认识与理解,因为真正的政治信仰并非一面哈哈镜,歪扭当前的现象。……批评最大的挣扎是公平的追求。"——这就是李健吾留给我们的关于批评理论的遗言,同时也是他一生从事批评事业的写照和总结。

## 牟宗三与梁漱溟的恩怨

梁漱溟(1893—1988)

牟宗三是20世纪中国思想界、文化界的一位巨擘。唐君毅曾说牟宗三"天梯石栈,独来独往,高视阔步,有狂者气象"。牟宗三不止一次地对人自诩说:"我于道家有贡献,我于佛家有功劳。"1984年7月14日和1994年12月14日,牟宗三两度公开宣称自己"一生著作,古今无两"。牟宗三性格孤傲,对看不上眼的人总是嗤之以鼻,从不知道含蓄。如此性格,注定要与周围的人格格不入,乃至树敌。牟宗三与被誉为"中国最后一位儒家"的梁漱溟初次见面,就话不投机,不欢而散。此后,二人更是恩怨纷争,"水火不容"。

牟宗三要比梁漱溟小十多岁。他二人是因为熊十力而结识的。梁漱溟曾问熊十力:"宗三坐无坐相,站无站相,走路没有走路相,你到底欣赏他哪一点?"熊十力回答:

"宗三有神解。神解也者,目击道存,一语中的,其解悟特异超俗,能悟人之所不能悟,见人之所不能见。北大有此可造之才,而不能容之用之,岂不可惜可憾?世人无有熊老夫子之巨眼,又如何能知人论世?"

1936年,牟宗三大学毕业后南下广州学海书院教书,后学校因故解散。熊十力担心弟子牟宗三会面临生存之忧,于是推荐他到当时正在山东邹平办乡村建设的梁漱溟那里,请梁漱溟出资供牟宗三继续深造。梁漱溟答应了,但他要求牟宗三必须答应他三个条件:一、到邹平住些日子;二、须读人生治学;三、不是被政治利用。牟宗三一听这三个条件,心中颇为反感,感觉自己好像被"买断"一样。但是,由于熊十力力劝牟宗三去一趟,牟宗三只好趁回老家之机去了趟邹平会见了梁漱溟。梁漱溟问牟宗三来邹平参观后感觉如何?牟宗三直言说只此不够。梁漱溟闻言大怒道:"说什么不够!你只观表面事业,不足以知其底蕴。你不谦虚。"牟宗三也毫不示弱,愤愤说道:"如事业不足凭,则即断无从判断。"初次见面即针锋相对,这让牟宗三感到梁漱溟与自己是"道不同不相为谋",遂不辞而别。此后,牟宗三曾给梁漱溟八个字评价:"契入有余,透脱不足。"

1946年,牟宗三在南京创办《历史与文化》杂志。梁漱溟看到这份杂志后很感兴趣,于是给牟宗三写了一封信要求订阅。牟宗三收到信后给梁漱溟回信,让他警惕"左"倾势力,秉公以谋国家民族的前途。不仅如此,牟宗三还对梁漱溟"亲共"提出了规谏。梁漱溟看到信后,觉得牟宗三所言极为荒谬,遂将来函加以批答寄回。牟宗三收信后更是不服,将梁漱溟的批答剪下,重新寄给梁漱溟。牟宗三此举给梁漱溟留下了深刻的印象。30年后,梁漱溟在与一位香港教授谈话时还重提这段往事,梁先生说:"他把我写给他的字,一片片剪下来寄还给我,脾气真大!"

老来多慈心。到了晚年,牟宗三终于一改年轻时的凌厉、严毅,音容笑貌变得如春阳般和煦,让人感受到一种儒者的蔼然意态。

追影:
真名士自风流

1988年6月23日,95岁高龄的梁漱溟去世。牟宗三闻讯在台湾《中央日报》发表了《我所认识的梁漱溟先生》一文。在这篇文章中,牟宗三称梁漱溟是个了不起的人物:"他和一般社会上的名人、名流不同,像胡适之、梁任公等'时代名流',没有一个超过他的。"不仅如此,他甚至还说梁漱溟"表现了中国知识分子不屈不挠的风骨与气节,这是他最值得敬佩的地方。……他这种表里如一、始终不二的人格风范,是最令人敬仰的"。这是牟宗三对梁漱溟的最后评价。

## 余英时评冯友兰：犹在"功利境界"

余英时在与学者刘梦溪的一次谈话中说，他对冯友兰先生晚年写的《三松堂自述》一书有一些自己的看法，原准备想写文章。但是后来当他在美国夏威夷举行的朱子国际学术会议上与冯友兰及其女儿宗璞见过一面后，尽管他对冯友兰有看法，但却不便再写文章公开批评了。看到这则材料，当时我就很想知道余英时先生对冯友兰究竟有怎样的看法和评价？新近出版的《余英时访谈录》一书终于将这一谜底揭开。

余英时（1930— ）

1982年夏天，美国夏威夷东西方中心举行了一个"朱熹国际学术会议"，冯友兰作为中国大陆代表团成员应邀参加。在为期十天的会议中，余英时经常有机会与冯友兰接触并聊天，原因是当时来自大陆的其他与会学者大多不太愿意和冯友兰接近，且唯恐避之不及。

在此期间，余英时还促成了哥伦比亚大学授予冯友兰荣誉博士学位一事。具体经过是，在另外一个会议上，余英时对哥伦比亚大学的狄百瑞教授偶然谈起，作为冯友兰先生的母校哥伦比亚大学似乎可以考虑赠予冯友兰先生一个名誉博士学位，毕竟冯友兰在中国哲学史上占有重要地位。不料，狄百瑞教授竟认真考虑了这个提议。很快哥伦比亚大学便做出决定，决定在1982年9月授予冯友兰荣誉博士学位。余英时应邀参加了授予仪式。晚宴时余英时又坐在冯友兰旁边，二人交谈甚多。正是因为这些近距离的接触、聚谈，余英时对冯友兰才有了较深入的了解，并进而形成了自己的看法和评价。

余英时认为，冯友兰思想的最深处始终有一种"向帝王进言"的意识。这只要读一读他的《新世训》中《应帝王》一章即可知。余英时讲，冯友兰不敢以柏拉图的"哲学王"自任，他的中国背景使他只想做"王者师"，或者至少要做政治领袖的高级顾问之类。纵观冯友兰的一生，我们不得不承认余英时的这一评价是大体公允的。从早期的献媚蒋介石，到40年代出席国民党召开的全国代表大会；从"土改"的粉饰太平，到"批林批孔"的摇旗呐喊；从迎合"总裁"，到歌颂主席，乃至媚谄女皇，冯友兰一生不脱"应帝王"情结。何兆武先生在《上学记》一书中对冯友兰有这样一段评价："冯友兰对当权者的政治一向紧跟高举，像他《新世训》的最后一篇《应帝王》等，都是给蒋介石捧场的。在我们看来，一个学者这样做不但没有必要，而且有失身份。"同样，邹承鲁院士在一次访谈中回答记者"西南联大的先生里您最欣赏谁，最不欣赏谁"时，也坦言自己"最佩服的是陈寅恪，最不欣赏的是冯友兰"。

时至今日，为什么世人对冯友兰一直多有异议呢？余英时先生认为，这和冯友兰提倡的哲学有密切关系。冯友兰在《新原人》中把人生分为四种境界，由下而上依次是：一、自然境界，二、功利境界，三、道德境界，四、天地境界。冯友兰自己是以"天地境界"自许的。西南联大时期,冯友兰路遇金岳霖,金氏开玩笑道:"芝生(冯友兰,字芝生),到什么境界了?"冯答曰:"到天地境界了。"遂相顾大笑而去。可惜冯友兰所谓"天地境界"云云,终不过是虚言诳语耳。正是因此,余英时才说,冯友兰以"天地境界"自许,但 50 年代以后他的实际表现似乎在"自然境界"和"功利境界"之间。非但如此,他的所作所为都是"向帝王进言"的潜意识从中作祟,不过境界确实未超出"功利"之上而已。

## 周汝昌：一生为华夏招魂

周汝昌（1918—2012）

周汝昌，字禹言，号敏庵，别署解味道人。著名红学家、古典文学研究家、诗人、书法家。周汝昌出生于天津咸水沽镇一个靠货运起家的小商人之家，1939年考取燕京大学西语系，1947年涉足红学研究，后成为继胡适诸先生之后，新中国研究《红楼梦》的第一人，是享誉海内外的考证派主力和集大成者。

一

周汝昌的成名作是《红楼梦新证》。该书被誉为"红学方面一部划时代的最重要的著作"、"红学研究的里程碑"，它所考证的事实和提出的问题，引起了国内外红学的重新兴旺，可以说是后世红学研究的基础。直到今天，《红楼梦新证》仍然是红学研究者绕不过去的必读书。《红楼梦新证》1953年9月由上海棠棣出版社出版，不到三个月时间便连销三版，产生了很大影响，毛主席对这部书给予了相当高的评价。为写《红楼梦新证》，周汝昌查阅了上千种清代文献，举凡通史、政书、档案、地方史志、文集、谱牒、传记、笔记等史料几乎无所不包。尤其是该书的第七章《史事稽年》按纪年编排，尤见功力。

1974 年，全国掀起一场"评红热"。在此背景下，有关方面要求周汝昌重印《红楼梦新证》。周汝昌不愿旧版重印，提出想修订后出新版本。想法获得批准后，周汝昌日夜工作，由于疲劳过度，双眼黄斑部穿孔，视网膜脱落，病情十分严重，不得不住进医院。治疗期间，周汝昌始终惦记着《红楼梦新证》，趁护士不防备私自逃出医院，跑回家继续伏案写作。结果使病情愈发严重，医生只好强行将他拉回医院接受手术治疗。手术刚做完，周汝昌双目包扎着纱布，躺在病床上便口述让别人记录。经过 41 天的连续奋战，《红楼梦新证》修订本终于完成。周汝昌为此付出了沉重的代价，左眼全盲，右眼也只剩下 0.01 的视力。1976 年 4 月，《红楼梦新证》(增订本)出版，很快就加印了一版。然而对于这样一部几乎耗尽了作者全部心血的经典之作，出版社却没有付给周汝昌一分钱稿费，就连原来答应的送给作者的 100 册样书也没有完全兑现。

为研究《红楼梦》，周汝昌长期以来忍受着常人难以忍受的恶劣的生存条件。20 世纪 50 年代初，周汝昌生活异常艰难，养育三女两子，夫人又没有工作，全家七口人仅靠他每月 80 多元的工资生活，穷得连寄信的邮票都买不起。住房更是紧张，一家人挤在无量大人胡同的一间小房里，房子仄小且常年不见阳光。后来多亏《人民日报》记者姜德明在《大参考》上撰文呼吁，周汝昌的住房问题才得以解决。改革开放以后，周汝昌的境况虽说有所改善，但生活依然清贫。周汝昌工资不高，家里人口多，几个孩子要上学，夫人没有工作，生活很不宽裕。三个女儿因为家庭原因迟迟嫁不出去；大儿子幼年患脑膜炎，又聋又哑，娶个媳妇也是聋哑人。1987 年，周汝昌应邀访美，夏志清设宴招待。席间，周汝昌的女儿周伦玲问："爸爸，怎么你的脑子我们一点都没有遗传呢?"周汝昌似乎没听见,脸上纹丝不动。夏志清见状,提高嗓音对周汝昌说:"我说你是个书呆子,只顾自己读书,老婆不管,孩子也没有教好。"周汝昌突然像孩子一样地笑了,说:"你这话说得最好。我就是一个书呆子。我也喜欢人家叫我书呆子。"周汝昌说这话时一脸微笑,但是在座的人却无不凄然。

## 二

周汝昌一生矢志"红楼",可是他并不愿意别人称他"红学家",他生前多次声明自己"已不是红学界的人"。作为红学史上"箭垛式"的人物,周汝昌可能是红学史上最具争议的学者。

1995年,周汝昌应《北京大学学报》邀请,撰写了旨在反思红学的《还"红学"以学——近百年红学史之回顾》一文。在这篇文章中周汝昌对近60年来的红学研究给予严厉批评:"自从(鲁迅)先生于1936年去世以后,这种以真'学'为质素的'红学'竟然毫无发展与进境……(60年来红学)历史命运悲剧性的原因是'以非学充学之名,占学之位'。……'红学'遂落于低层次人士之手。以我自己为例,如果勉强冒称一个'学者',也不过是在三流的层次,还有一些尚不如我,根本不具备研究此学的条件。"周汝昌认为,红学界许多所谓专家并非出于真心喜爱,而是借以沽名钓誉,捞取好处,利用自己的话语权,使得许多以讹传讹的观点风行于世,误导外行。对那些利用曹学的研究成果,成为"红学家"的"学者",周汝昌毫不客气地批评道:"有些'家'们是从'曹学'偷得了知识见解,写几篇文章,装作内行,而反过来讥评'曹学',吹求点儿毛疵,显示自己的高明与正确。——学风在这儿变成了歪风、恶风。"

周汝昌此文一出,立即引起轩然大波。有人写了长达三万余字的论文,狠批周汝昌;网上针对周汝昌的挖苦辱骂更是屡见不鲜。对此,周汝昌泰然处之。1997年,《北京大学学报》通知周汝昌,《还"红学"以学》一文获奖。在港台地区,周汝昌的文章被评为"暮鼓晨钟,发人深省"。有个有趣的现象,很值得深思。周汝昌所受到的赞许、钦佩往往来自那些对他批评最为激烈的人。即使是周汝昌最严厉的反对者也不能不承认,红学家中周汝昌的文笔是最可观的。还有什么能比这更说明问题呢?

时代往往会敬重那些毕其一生苦心求索的大学问家。周汝昌先生以他的道德学问赢得了世人的敬仰。2001年10月14日,已是耄耋之年的周汝昌应傅光明邀请做客现代文学馆主讲《红楼梦》。那天,文学馆学术报告厅几无"立锥之地",连讲台上都坐满了人。当鹤发童颜的周汝昌步入大厅时,全场爆发出持久而热烈的掌声。听众中,男女老少俱全,还有一对美国夫妇。人们用不同的方式表达着对这位学术老人由衷的爱戴,有赠古玉者、有赠彩画葫芦者、有赠鲜花者……那一刻让人想起犹太人的一句古话:学者比国王伟大。

## 三

周汝昌不仅是红学家,更是中华文化研究专家。他的研究范围早已超出红学,诗词、书法、曲艺、音乐无一不精。可以说,只要是和中华传统文化有关的东西,他都会关注,都会研究。

周汝昌在其带有强烈自传色彩的著作《天·地·人·我》中这样写道:"我喜欢'国货',喜欢民族节序风俗。我喜欢民族建筑、民族音乐……对这些方面,也许有些人看我很保守、落后,甚至冥顽不化。不了解这一切,很难理解我为何后来走上了红学道路,为何持有如此这般的学术观点,为何又如此地执着痴迷,甘受百般挫辱、诬陷、排挤、攻击,而无悔意,也不怨尤。"周汝昌这样评价自己:"我不新不旧,又新又旧。我不土不洋,又土又洋。"周汝昌不喜欢西化的城市,他最怀念的是生养自己的水乡。他回忆说:"都市的一切,对一个村童来说当然是事事新奇的,有刺激,有探索,有展拓,但主要的感觉是烦闷,不快活。那马路被夏天的烈日一晒,发出一种令我十分难过的气味和刺目的反光,我有窒息感与沙漠感——这一切总括起来说就是把人和自然尽其可能地都隔离起来，我所熟悉习惯的水土忽然都变成了洋灰、砂砾、砖头、沥青……我很难承受这种巨变。"

近年来，随着城市拆迁的进行，很多文化古迹遗址遭到破坏，对此周汝昌很是痛心。"有那么一个时期，我这个特别想在北京寻求一点'古貌'残余的人，隔些天到某地方走走，眼见那仅存的、十分可怜也倍觉宝贵的'古貌'残痕的点点滴滴，还多少可以看到感到一丝历史文化遗蕴和气味的物事——上次还幸存在彼处，这回再看，却已'整顿''清理'了，那一点点儿令人欣赏的意味便荡然廓然了。剩下来的是什么呢？我说不清，我只感到一种莫名的惆怅和迷惘……"周汝昌并不反对现代化，他反对的是那些盲目的数典忘祖的西化。

正是出于对中华传统文化由衷的热爱，周汝昌才将《红楼梦》作为自己终生矢志不渝的追求。《红楼梦》不仅是周汝昌一生的研习对象，更是他安身立命的精神寄托。周汝昌认为，从清代的批红、研红者到民国以来的学者，有一个共同的毛病，那就是把《红楼梦》这部小说的伟大缩小了——把它狭隘化了、片面化了、肤浅化了、浅薄化了，甚至庸俗化了、恶劣化了。周汝昌说，《红楼梦》是中华文化精华的集中体现。周汝昌治学力求打通文史，既有科学的考证，又有艺术方面的赏析。他是以诗心解读红楼，强调的是心灵的契合，这种契合也是中华文化的关键所在。可以这样说，周汝昌实际上是一位中华文化非比寻常的阐释者、弘扬者、捍卫者。周汝昌一生解读《红楼梦》，一生宣扬中华文化之美，一生坚守华夏故国文化命脉，可谓是中华文化最忠实的"守护者"。

## 四

经历了近一个世纪的风风雨雨之后，晚年的周汝昌对世情看得很淡。这时，尽管双目早已失明多年，但红楼痴意难减。周汝昌平日里由儿女们照顾饮食起居，每天上午听儿女读书报后，便开始以口述的方式延续自己的红学研究。2012年5月，在雅琴诗社的聚会上，周汝昌当场吟诵诗歌，欣欣然不知老之将至。直到离世前一周，他还向女儿口述新书提纲。在生命最后的日子里，周汝昌卧病在床，但只要女儿为他读一些与《红楼梦》有关的东西，立刻就会退去倦容，兴意盎然。

周汝昌晚年对生死很是超然。他曾说："我希望多活几年，不是贪生怕死。像我这样年纪的人积累一些学识很艰苦。刚开始对积累的知识了解深刻了，可是就已到了快结束生命的时候。这是人类的不幸，也是人类文化的损失。我觉得自己的身体还很健康，对于死我还没有想过，至少还没来得及提到日程上去想。人的生命不是到他身体死亡为止，用另外一个方式还可以延续，还可以做贡献。因为他死后思想还存在，他还有弟子、子女作为他的继承人，他还有著作存于世。"

2012年5月31日凌晨1点59分，周汝昌辞世，享年95岁。逝世前，老人留下遗愿：不开追悼会，不设灵堂，一切从简，安安静静地离开这个世界。

一代大师，悄然逝去。

## 曹禺：戏剧天才的白痴一面

曹禺（1910—1996）

曹禺因为23岁创作出话剧《雷雨》而被世人誉为是"戏剧天才"。但是这位名冠一世、独步千秋的大师级人物在生活中却有一种"傻"气。

曹禺的女儿万方讲，曹禺极不善料理生活，时常连自己都照顾不了。他冬天穿起衣服来是里三层外三层，三条裤子套在腿上，臃肿得像只狗熊。最让人不可思议的是，曹禺居然不会系皮带。如果没有夫人和女儿在跟前帮忙，系皮带对他简直是一种折磨与考验。他系一条皮带要花很长时间，最后还不知道是用什么方法胡乱系上的。曹禺好客，不管是谁来家里做客，他都要亲自送出门。有一次，曹禺在送一个客人时走着走着，听见哗啦哗啦的声音，低头一看，原来是自己皮带松了，裤子掉了。

曹禺常不修边幅，尤不爱洗澡。夫人爱清洁，要求他天天洗澡。曹禺起初不肯接受觉得很麻烦,浪费时间。但他执拗不过夫人,只好去洗。后来,他居然不用夫人催促,自己就拿着衣服去洗澡间了。这时夫人总可以听见很大的水声。几次之后,夫人忽起疑心。偷偷地站在外面从钥匙孔往里张望。结果发现曹禺坐在浴桶里看书。一只手拿着书,一只手浸在浴缸里往外泼水。夫人气得从此不再逼他洗澡。

　　如果说生活中的这种窘态还可以原谅的话,那么下面这些事便不免要叫人哭笑不得了。当年在四川江安戏剧学院时,有一天讲课时曹禺感觉身体左边发凉,以为自己得了什么病。于是请求学生允许他早点下课。回到宿舍后才发现,原来是早晨出门走得太急以至于棉衣左边的袖子未穿上。

　　还有一次,有一年冬天的一个早上,吴祖光在路上碰到曹禺,见他脸色很难看,于是上前询问。曹禺说,胃病又犯了,特别凶,左肩上的肌肉时时在跳。等吴祖光下了课回到休息室时,曹禺已经坐在那里,说自己肩抖得更厉害了,说着说着又抖起来了。最后解开衣服一看,里面跑出一只老鼠。原来,江安那地方耗子多,无孔不入。大概是因为天冷,耗子钻进棉袍里取暖,不巧被曹禺正好穿在了身上。"病"因是找到了,可是曹禺早已吓得一溜烟跑到墙角,掩着脸,近乎瘫痪。

　　据曹禺的一些同事讲,曹禺拍戏时更是傻气十足。他常常是一边专注地给演员说戏,一边心不在焉地吃大饼,想起来就啃一口。等戏拍完,才发现口袋里塞满了残缺不全的大饼。"文革"期间,曹禺有一句口头禅"好极了"。每到一处参观访问,人家要他表态,他都说"好极了,好极了"!

　　然而就是这样伟大的一个人物,晚年却因为再也写不出像《雷雨》那样的名作而长期陷于精神的苦闷,备受折磨。晚年的曹禺枕边上常放着《托尔斯泰评传》之类的书。他看起来很是认真,很有兴致。有时,他看着看着突然一撒手,大声说:"我就是惭愧啊,你不知道我有多惭愧。……我要写出一个大东西才死,不然我不干。我越读托尔斯泰越难受。你知道吗?"尽管曹禺晚年一再声称要写出一个大东西才死,遗憾的是他至死再也没有写出一个好作品。曹禺晚年称自己是"精神残废",他说:"让人明白是很难很难的啊!明白了,你却残废了,这也是悲剧,很不是滋味的悲剧。我们付出的代价是太多太大了……"

# 南怀瑾的传奇人生

有这样一个人：他集教授、居士、护法、宗教家、哲学家、杂家于一身，被人赞为"上下五千年，纵横十万里；经纶三大教，出入百家言"。有人称他是佛学大师、禅宗大师、密宗上师、易学大师、国学大师，有人称他是当代道家、现代隐士、"通天教主"，也有人称他是高明的术士、是"江湖骗子"。他就是南怀瑾——一个像谜一样的传奇人物。那么，南怀瑾到底是一个什么样的人呢？

南怀瑾（1918—2012）

## 幼承庭训　少习诸子

南怀瑾出生于浙江省温州市乐清县翁垟乡一个名叫南宅的古村。南家是温州乐清的名门望族，按"嗣元应德光，常存君子道"排名，南怀瑾属于"常"字辈，谱名南常铿，乃家族第25代传人。

南怀瑾幼承庭训，六岁开蒙，从小接受

严格的私塾教育,熟读四书五经。南怀瑾的老师乃温州名士朱味渊。朱味渊在前清时未能考取功名,于是四处游历讲学。其人国学底子深厚又喝过洋墨水,喜谈政治且愤世嫉俗。朱味渊虽然只教了南怀瑾一年就去世了,但他对南怀瑾的影响却是巨大而又深远的。此后,南怀瑾一直将朱先生尊为自己的启蒙者,一辈子不忘这位恩师。

朱先生去世后,南怀瑾只好在家自修。在家自修容易懒散,父亲就将他送到离家附近的一座庙里去读书,平日不许回家,隔三岔五地送一些好吃的东西。在这幽静的古庙里,南怀瑾除研读四书五经之外,还涉猎了诸子百家,并与佛教结下了不解之缘,为自己一生打下了坚实的基础。

## 初涉人世 行走参访

1935年,17岁的南怀瑾离开家乡,前往杭州西子湖畔的浙江国术馆学习武术。1937年,南怀瑾以第一名的优异成绩毕业于浙江国术馆,并取得武术教官资格。这时日军侵华,抗战爆发,满腔热血的南怀瑾不忍看到祖国的大好河山沦于敌寇,于是跑到四川与一位还俗和尚钱吉一起在川康边境的大小凉山地区办起了一个垦殖公司。南怀瑾初涉人世很快就拉起近万人的队伍,这让当地的军阀包括国民党政府深感不安。后来,迫于各方压力,南怀瑾不得不辞职,在宜宾的《金岷日报》当了一名编辑。

从宜宾回到成都后,南怀瑾在成都中央军校军官教育队担任武术教练兼政治指导员,并在中央军校政治研究班第十期毕业。在成都军校当教官这段时间,南怀瑾一有时间就外出寻仙访道。在此期间,他有幸结识了对他影响最大的袁焕仙先生。袁先生乃名重一时的禅宗大德,是一个世外高人,住在距离成都不远的灌县青城山灵岩寺里。几番晤谈后,南怀瑾与袁焕仙成为忘年交。受袁先生影响,南怀瑾对军校教官工作逐渐失去了兴趣,后来索性辞去教官之职,一心一意地跟随袁先生学佛修禅。袁先生有意让南怀瑾承其衣钵,于是将平生所学一一传授南怀瑾。南怀瑾当时虽然只有 25 岁,但已深得袁先生真传。

在这之后,为深入研究佛法,南怀瑾奔赴四川峨眉山大坪寺闭关三年。闭关期间,南怀瑾斋戒食素,于青灯古佛旁日夜诵读经、律、论等佛家经典,通读《大藏经》。出关后,他又远走康藏等地参访密宗各宗派,对佛理有了更为精深的研究。

1947 年底,南怀瑾回到了阔别九年多的故乡,隐居在西子湖畔。

## 天玄地黄　审时度势

回到家乡,南怀瑾原本是想过一种闲云野鹤般的世外桃源生活。然而,中国大地此时已是"山雨欲来风满楼",严酷的现实使得他没法静下心来读书清修。

一天夜里,父亲忐忑不安地将南怀瑾叫起来问他天下大势如何收场?南怀瑾回答:"国民党已是落日残阳,共产党肯定要坐天下。"父亲沉默了一会儿,对他说:"我们不走,你自己赶快走!"

南怀瑾曾在中央军校当过教官,接受过政治训练,与国民党政权有着千丝万缕的联系。值此"陆沉"之际,何从何去成为摆在他面前的一道难题。就在此时,国民党"代总统"李宗仁的心腹白崇禧托人给南怀瑾传话,请他出山任政治参议兼秘书。但南怀瑾此时早已看出国民党大势已去,压根儿就不想为这个气息奄奄的腐朽王朝去陪葬。于是他隐居杭州天竺灵隐山,在那"风雨如晦"的日子里,细细披阅浙江省图书馆所藏的文澜阁《四库全书》及《古今图书集成》。继而,又大隐隐于市,避乱世于上海虹口区一家佛教医院里,于兵荒马乱之中独自安静读书。

1949 年 2 月 28 日,南怀瑾携带一大堆笨重的书籍,乘船匆匆离开大陆,开始了他长达 36 年的台湾生活。

## 旅居孤岛　困顿飘零

　　南怀瑾初到台湾时贫困交加，他那时首先要面对的是如何生存的问题。当时刚过而立之年的南怀瑾与同是天涯沦落人的东北姑娘杨向薇组成了一个新的家庭。新婚后的南怀瑾迫于生计，与几位温州同乡做起船运生意。南怀瑾为公司起名"义利行"，取孔子"见利思义"之句。南怀瑾是个书生，根本就不懂经营之道，加之他又是一个菩萨心肠，豪爽待人，没过多久"义利行"就倒闭了。

　　公司倒闭后，南怀瑾一夜之间变成了一个负债累累的穷光蛋，这使原本就困顿的生活更加雪上加霜。当时南怀瑾的四个孩子都已相继出生，落魄的他不得不拖儿带女地栖身于基隆海滨的一个陋巷中，一家人挤在一间瓦可落月、门不闭户的小屋里，几个年幼的子女嗷嗷待哺，窘迫至极的南怀瑾只好靠典当衣物来生存。关于这段生活，他的学生张尚德曾这样描述："一家六口人挤在一个小屋内，'家徒四壁'都不足以形容他的穷，因为他连'四壁'都没有。然而，和他谈话，他满面春风，不但穷而不愁、潦而不倒，好像这个世界就是他的，他就是这个世界，富有极了。"

　　在这种窘困的情况下，南怀瑾出版了他来台后的第一本书——《禅海蠡测》。尽管定价只有新台币五元钱，但无人问津，一本也卖不出去。不久，南怀瑾举家又搬到台北龙泉街，住在一个人员混杂的菜市场附近。这里污秽堆积、臭气冲天，贩夫走卒喧嚣终日，环境十分恶劣。但南怀瑾身处其中充耳不闻。他当时经常是一手抱着幼子，一手奋笔疾书，另外双脚还得蹬着摇篮，以防尚在襁褓中的婴儿啼哭。即使在这种常人难以忍受的境况下，南怀瑾依然是安贫乐道、逢苦不忧。不久，他又完成了两部传世之作——《楞严大义今释》和《楞伽大义今释》。遗憾的是这两部书在书店里依然是少有人翻阅。后来，有一位商人终于肯买下一些书。南怀瑾以为自己遇到了好心人。谁知，这个商人原来是一个卖肉的，他买这些书，主要是用来包肉。

这真是让人哭笑不得。

功夫不负有心人。随着台湾经济的复苏,文化逐渐被提上日程。南怀瑾的工作终于显出了他的意义。这时,越来越多的机关、学校、社会团体邀请南怀瑾去讲学,一时间他成为声名鹊起的文化大师。此后,南怀瑾相继创办了"东西精华协会"和"十方丛林书院"两个组织弘扬中国传统文化。

1985年6月,南怀瑾应美国文化基金会邀请赴美推广文化。从此,离开了他生活了36年的台湾。

## 游子返乡　叶落归根

南怀瑾到美国时已是古稀之年。生活在一个不同于母语的环境里,这让他难免想起家乡。当年离开大陆前往台湾时,他连和家人告别都来不及。当时,他本打算自己先去台湾安顿好之后,再来接年迈的父母以及娇妻幼子,谁知去之后竟是天各一方,从此生死两茫茫,就连双亲辞世他也未能见上一面,这些成为他心中永远的痛。

深受儒家文化影响的南怀瑾愈到晚年,愈发思乡。他曾写下一首《思乡》的诗,读来真是令人肝肠寸断:"故园西望泪潸然,海似深情愁似烟。最是梦回思往事,老来多半忆童年。""越鸟巢南枝","狐死必首丘"。南怀瑾开始考虑自己的归宿。

1987年秋,温州市副市长率团访美,拜访了南怀瑾。这次晤谈直接促成了南怀瑾投资修建金温铁路。1997年8月,中国当代第一条合资铁路——金温铁路全线贯通。这其中不知倾注了南怀瑾多少心血,仅给有关方面写的信函就有100多万字。

1990年,上海复旦大学出版社隆重推出了南怀瑾的《论语别裁》等著作,很快在全国形成一个"南怀瑾热",至今不衰。2006年,南怀瑾在太湖边主持创办了旨在传播中国传统文化,同时与现代自然科学、人文科学相结合,发展认知科学与生命科学研究的"太湖大学堂"。至此,他终于实现了"叶落归根"的夙愿。

> 追影：
> 真名士自风流

　　近年来，来自世界各地的专家、学者、青年学子因为仰慕中华文化，尊崇南怀瑾人品学问而纷纷登门拜访、学习。一位德国籍的学生学成归国时，竟然向南怀瑾行跪拜大礼辞行。在他眼里，南怀瑾俨然成为集中华传统文化之大成者。

　　2012年9月29日下午4时，南怀瑾在江苏吴江太湖大学堂与世长辞，享年95岁。

　　南怀瑾一生先贫困而后通达，其人生经历犹如一出戏剧，跌宕起伏，波澜壮阔。南怀瑾称自己的人生是"买票不进场"，他说："就好像参加一个Party，我有门票我就可以进去看看。可是真进场，就被套进去了，我不去。我就是因为一辈子光买票，不进场，所以现在各方面都变成朋友。我对于各党各派都是朋友，到现在八九十岁。原来大家怀疑我是这一派那一党，我的头上戴的各种帽子头衔多得不得了，结果我到今天，始终公平是做一个隐士，我基本走的就是隐士路线。"这话大约是他一生经验的浓缩、总结。

## 金庸：抠门的"大侠"

提起金庸的大名可以说是几乎无人不知、无人不晓，他的武侠小说让无数人为之着迷、倾倒，出于崇拜人们称他为"大侠"。按照一般人的理解，"大侠"一定是"视功名如流云，看金钱如粪土"，然而金庸偏偏不是。那么，金庸是怎样对待金钱的呢？

金庸对待金钱的态度一言以蔽之，那就是格外重视、格外在乎。爱钱本无可厚非，世人皆爱钱。问题在于金庸爱钱爱得有些过了，这就难免要叫人侧目。金庸是一个很有商业头脑的人，商人的精明、狡黠在他身上表现得淋漓尽致。金庸主掌《明报》期间，办事斤斤计较、精打细算。《明报》的员工说金庸是个很"抠门"的老板，他向来很少主动为员工涨工资，偶尔涨一点工资又邀请他们到自己家里"打沙蟹"，然后将那些钱再逐一赢回来。金庸给作者的稿费也很低，作者要求增加稿费，他从来都是婉拒。

金庸（1924— ）

不仅如此，他甚至还说："报纸是老板的私器。新闻自由其实是新闻事业老板所享受的自由，一般新闻工作者非听命于老板不可。新闻自由，是报社员工向外争取的，而不是向报社内争取的。报社内只有雇主与雇员的关系，并没有谁向谁争取自由的关系。"

生活中的金庸更是嗜钱如命。抗日战争时期，金庸曾在杭、嘉、湖七校合并的浙江省立临时联合中学读书，后来这所学校改名为杭州高级中学，所以金庸也算是杭州高级中学的校友。有一年，杭州高级中学的一位学生患白血病需移植骨髓，手术费高达50万元，这对于一个普通家庭来说无疑是一个天文数字。这件事经媒体报道后，社会各界纷纷伸出了援助之手。这时有人提议全班同学写信给他们的偶像金庸"大侠"，请求这位身价数亿的富豪校友伸出援手，结果金庸只捐了一套签名的武侠小说集，真是让人大跌眼镜。还有一次，为了纪念抗击SARS，杭州集资建雕塑，金庸也只捐了一套大字本的《射雕英雄传》。这就是金庸"大侠"的"豪举"。

晚年的金庸把钱看得比什么都重要，简直可以说是陷于金钱不可自拔。为了钱他全国各地飞来飞去，参加各种活动，办杂志，开茶馆，授权别人将自己的武侠小说改编成影视、动画、游戏、卡通，甚至生产"金庸"牌酒，简直形成一种"金庸产业"。2003年7月26日，在40多度的高温下，一场推销啤酒和《金庸茶馆》的演讲会在杭州举行。有记者现场问金庸为什么捐款时常常是捐书，是不是觉得捐书比捐钱好，问他对钱怎么看？面对这个尖锐的问题，金庸是笑而不答。另一位记者问："您都80岁了，还到处飞来飞去，这么辛苦，是名气不够大呢？还是钱不够多？"金庸回答："人在江湖，身不由己。"在与池田大作的一次谈话中金庸这样说："我以小说作为赚钱与谋生的工具，谈不上有什么崇高的社会目标，既未想到要教育青年，也没有怀抱兴邦报国之志，说来惭愧，一直没有鲁迅先生、巴金先生那样伟大的动机。"

早在1979年金庸造访台湾时，李敖就当面问他："你有这么多的财产在身边，你说你是虔诚的佛教徒，你怎么解释你的财产呢？"金庸无言以对。基于此，李敖这样评价金庸："他有亿万家产，却极少参加资助慈善和教育事业，金庸是个一边一毛不拔一边却自称是虔诚的佛教徒。"金庸曾坦言："佛教希望人的欲望能尽量减低，最高境界是什么也抛弃掉，连生命也觉得没什么所谓。我离这境界实在太远了。要我财产完全不要，我做不到；要我妻子儿女都不要，我做不到；要我名利不要，我也做不到……"

第三章 从政

# 陈布雷之死

1948年11月13日,国民党政权土崩瓦解的前夕,蒋介石的"文胆"、素有"国民党第一支笔"之称的陈布雷在卧室服安眠药自杀。同年12月11日,《观察》杂志第5卷第16期刊文《大局外弛内张》认为,陈布雷以"停止戡乱,放弃独裁,绝交孔宋"三事直言相谏,谏之不从,则以死明志。那么,陈布雷究竟是因何而死?

陈布雷1927年开始追随蒋介石,深得蒋介石器重。1935年起,陈布雷一直担任蒋介石侍从室二处主任,成为蒋介石的"头号笔杆子"。1948年10月下旬,陈布雷的儿子陈过出国前夕,专程向父亲告辞,只见父亲精神颓丧,头发蓬乱,形容枯槁,语音低微,哀叹着说:"前方军事溃败到如此地步,后方民心思变又如此,此时此刻,最高当局却要我写一篇《总体战》的文章,这叫我如何落笔啊!"作为蒋介石的首席秘书,陈布雷经常要写许多他并不想写的材料。对此他

陈布雷(1890—1948)

是苦不堪言,但又不能对人说。不分昼夜地赶写材料使得陈布雷患上严重的神经衰弱症,失眠越来越厉害,晚上要吃2—6片安眠药才能睡一小会儿。所以,陈布雷后来最怕为蒋介石写材料,有时写不出他会痛苦地用头撞墙。

陈布雷书生从政,身上一直有传统文人"宁鸣而死,不默而生"的书生意气。1948年11月2日,也就是解放军占领沈阳,辽沈战役结束的那天晚上,陈布雷来到黄埔路官邸,夜访蒋介石。交谈中陈布雷鼓足勇气说:"依卑职之见,这个仗不能再打下去了。若保得半壁江山,将来还可重振旗鼓,统一全国。"蒋介石听后大怒:"自古以来,没有平分天下而能持久者。非战即和,你死我活。我就是瞧不起一打就倒、不打自垮的软骨头。"蒋介石对陈布雷一向是以礼相待,一直尊称陈布雷为"布雷先生",但是今天竟如此严厉地训斥,这让陈布雷深感意外。特别是蒋介石竟然称自己是"软骨头",这一下子触动了陈布雷那根原本就有些敏感的神经,士可杀不可辱,陈布雷感到自己的自尊受到严重伤害。此后,蒋介石与陈布雷的矛盾不断加剧。

1948年11月8日,蒋介石在南京丁家桥国民党中央党部对国民党党政机关要人发表训示。讲话中蒋介石大骂"主和派",并特别强调说:"抗战要八年,'剿匪'也要八年。"整理蒋介石讲话记录时,陈布雷有意删去了"抗战要八年,'剿匪'也要八年"这句话,为的是能为和谈留一点余地。蒋介石发现后十分不满,愤怒地说:"你就照我讲的整理,不准略去。这是表示我破釜沉舟之决心。"蒋介石此番训斥使得陈布雷精神急剧恶化。

1948年11月11日上午,国民党中央政治委员会举行临时会议,讨论徐蚌会战局势。会上陈布雷再次触怒蒋介石,蒋介石暴风骤雨地对陈布雷发动了一次清算式的猛批,正是这次"猛批"直接促使了陈布雷的自杀。

1948年11月12日,孙中山诞辰纪念日,这天陈布雷闭门未出。晚上9点半,陈布雷交代副官不论发生什么事情,也无论是来人、来电都不要打搅他,他需要休息,让他静一下。第二天上午 10 点,人们发现陈布雷死在卧室,死因是服用大量安眠药。

一小时后,"总统府"第二局局长陈方将陈布雷遗书《上总裁书》呈蒋介石:

介公总裁钧鉴:布雷追随二十年,受知深切,任何痛苦,均应承当,以期无负教诲。但今春以来,目睹耳闻,饱受刺激,入夏秋后,病象日增,神经极度衰弱,实已不堪勉强支持,……与其偷生尸位,使公误以为尚有一可供驱使之部下,因而贻误公务,何如坦白承认自身已无能为役,而结束其无价值之一生。……书生无用,负国负公,真不知何词以能解也。夫人前并致敬意。

部属布雷负罪谨上。

"文死谏,武死战",陈布雷的死在某种程度上宣告了蒋家王朝的灭亡。

# 王世杰：书生的执拗

王世杰（1891—1981）

王世杰是中国近代史上一位备受争议的人物。他出生于湖北崇阳，幼读私塾，12岁到武昌读小学。先后毕业于南路高等小学、湖北优级师范理化专科学校、天津北洋大学等。1913年，留学英国，入伦敦大学政治经济学院，获政治经济学学士学位后转赴法国巴黎大学，1920年获法学博士学位。1920年，王世杰应北京大学校长蔡元培之聘，回国担任北京大学教授兼法律系主任，讲授《比较宪法》、《行政法》等，深受学生喜爱，曾一度兼任教务长。

1927年王世杰弃文从政，历任南京国民政府首任法制局局长、教育部长、外交部长，台湾"总统府"秘书长、"中央研究院"院长等职。作为学者从政，王世杰一直坚持书生本色，严谨、清廉，并极力主张自由思想、独立人格。王世杰身上学者气非常浓，他为人严肃，担任外交部长期间，下属对他十分敬畏，只要他一走进办公大楼，大家顿时鸦雀无声。在国民党大员中王世杰是公认的比较廉洁的一位，他生活俭朴，不抽烟、不喝酒，也很少看戏或出入娱乐场所。在单位，王世杰从不搞个人特殊化，上下班配有专车但他不用，坚持步行。一次，下班晚了，秘书派人去接，他不肯坐。上面给他配一厨师，他谢绝。王世杰对子女非常严格，要求他们做到"五要"——品行要端正，求学要勤奋，恶习要戒除，交友要谨慎，生活要艰苦。王世杰从不以权谋私，长子王纪武考学失利，按成绩只能以旁听生身份在中央大学读书，当时中大校长罗家伦是他的下级，又曾是他北大时的学生，有人提议他为儿子说一下情，但王世杰坚决不允。在官场上，王世杰恪守原则，不阿谀曲迎。在教育部长任上时，国民党大员居正为其朋友陈时说情，要求王世杰把陈时办的"私立中华大学"改为"国立"。王世杰坚持原则，拒办，以致后来他与居正、陈时结成冤家，成为政敌。

蒋介石对王世杰有知遇之恩，于是很多人便以为王世杰是蒋介石死心塌地的"走狗"，其实这种看法是不对的。1943年，蒋介石发表《中国之命运》，当局规定大小官员都要写一篇读后感。王世杰让手下的一位参事替自己写。这位参事写了洋洋洒洒数千言，结果被王世杰一笔勾掉，王自己另写了"君子不念旧恶"六字交卷。1944年冬，孔祥熙为进一步搜刮民脂民膏，竟向蒋介石提出在四川征收人头税，美其名曰"国民义务劳动税"。蒋介石将此提案批转到参事室审议。王世杰极力反对，遂使这一提案最终被撤销。1949年，王世杰随蒋介石逃到台湾后，一度曾任"总统府"秘书长。但是即便如此他也没有丧失自己的独立立场，很多时候，在许多事上他都会对蒋介石说"不"。他给蒋介石写的一些报告，蒋介石不批准，撕了，他就捡起来用糨糊粘好，再送。王世杰这种书生式的执拗，蒋介石深以为苦。1953年11月，王世杰终因吴国桢案而被革职查办。其实真实原因是他对当局多有批评，与蒋氏政权不和。

王世杰一生最受争议的是，1945年代表国民政府与苏联签订丧权辱国的《中苏友好同盟条约》，被人骂为汉奸。对此王世杰心情很复杂，他说："外蒙按照国际法是否隶属中国是可以讨论的，但是既然算是国家领土，要由我来割掉它我很难过。可是为了国家，与其别人担这个罪过，不如由我担。"事实上，在"外蒙"这件事上王世杰只是蒋介石的代罪羔羊。

1981年4月21日，王世杰病逝于台北荣民医院，享年91岁。王世杰在遗嘱中说，为他立碑时只需刻上"前国立武汉大学校长王雪艇（王世杰，字雪艇）先生之墓"。可见，他至死不忘书生本色。

# 第三章 从政

## 徐道邻劝蒋介石下野

1946年5月3日,蒋介石乘"美龄号"专机从重庆抵达南京,回到他阔别已八年五个月的"六朝古都"。两天后,南京举行了庄严而隆重的还都典礼,蒋介石发表讲话。历经八年抗战之后,此时人们早已是人心思定,但蒋介石此刻却另有打算。

此后的一天晚上,蒋介石在他位于黄埔路的官邸召开国民政府国防设计委员会会议,研究外交问题。参加会议的有蒋介石侍从室主任、国防设计委员会主任陈布雷以及设计委员会"八大委员",其中包括徐树铮之子徐道邻。

徐道邻,民国时期著名的法律人士,安徽萧县人,生于日本东京。早年留学德国柏林大学,1932年获法学博士学位。回国后在国民政府国防设计委员会任职。1938年担任中华民国驻意大利使馆代办,后任国民政府国防最高委员会参事、行政院政务处处长等职。

会议结束后,右脚有点跛的徐道邻故意走在最后。等到其他委员都离开后,徐道邻忽然对蒋介石说:"委员长,我有一句话想讲一讲,或许不中听。"

"你不必顾虑,尽管说,尽管说。"

"先生,现在您是黄金时代,……今天,我斗大的胆子,跟您谈……"说到这儿,徐道邻望了望蒋介石,欲言又止。

"你有什么话,尽管说,尽管说。"蒋介石始终保持着温和的态度和微笑的表情。为了打消徐道邻的顾虑,蒋介石还特意用一只手拉着徐道邻的手,另外一只手轻轻地拍着徐道邻的手背。

这时,徐道邻鼓足了勇气,将手从蒋介石手中抽出,挺起胸膛向蒋介石致了一个礼,然后又鞠了一躬,神情严肃认真而又诚恳地说:"奉劝委座,不要错过当前的大好时机,及时引退,从此可以赢得全民美誉。"

"好,好!"蒋介石似笑非笑,但神色仍然和善,"你的想法对,很对!"说完话,蒋介石就走了。

蒋介石走后,徐道邻怔怔地站在原地,一时不知该怎么办。第二天一早,徐道邻来到陈布雷办公室,说明了昨晚的情况。陈布雷听后,感叹徐道邻真有胆量。陈布雷对徐道邻说:"请放心,我会替你注意委员长的反应。"

第三天,蒋介石亲自来到陈布雷办公室,向陈布雷说起徐道邻劝他下野的事情。蒋介石说:"徐道邻真不愧为将门之子,说话有魄力,好的,好的。"

表面上看,蒋介石对徐道邻劝他下野这件事好像不以为忤,而且还褒奖有加,事实上蒋介石打心里已经对徐道邻产生了不好的印象。几天后,蒋介石亲笔批示:"简任徐道邻为江苏省政府秘书长。"

徐道邻知道自己已经"因言获罪",蒋介石让他去江苏表面上是擢升他,实际上是想借机支走他,免得他在身边再多事。想到此,徐道邻索性辞去所有官职,只身前往上海同济大学教学,从此告别官场,去做一介书生。

1949年,徐道邻前往台湾,在台湾大学、东海大学执教。后远渡重洋,任教于西雅图华盛顿大学、哥伦比亚大学、密歇根州立大学等。

1973年12月24日,徐道邻病逝于美国,享年68岁。

追影:
真名士自風流

## 马寅初的"狮子吼"

马寅初(1882—1982)

马寅初先生是我国近现代史上一位具有浓厚传奇色彩的历史人物。他一生历经晚清、中华民国、中华人民共和国,活了101岁。季羡林先生生前曾对人说,新中国成立以来的知识分子,最令他肃然起敬、最让他佩服的有两位:一位是梁漱溟,另一位是马寅初。早在抗战时期,一代文豪郭沫若就称赞马寅初是个蒸不烂、煮不熟、捶不爆的响当当的一枚"铜豌豆"。马寅初先生一生坚持真理、刚正不阿,尤其是以直言著称。他不畏权势、敢怒敢言、不屈不挠,虽斧钺加身也毫不顾忌。

一

1928年11月,47岁的马寅初应蒋介石之邀出任南京国民政府立法院第一届立法委员。立法院是蒋介石政府的要害部门,任职于立法院,马寅初原想着这是他施展平生所学、报效祖国的大好机会。于是他秉持公心不断地为改革财政制度、振兴民族工商业、发展国民经济提出各种倡议,确立立法原则。这必然就得罪了宋子文、孔祥熙等权贵。

对于马寅初的所作所为,国民党达官贵人是恨之入骨。他们先是极力奉承马寅初,拉拢马寅初,但马寅初并不领情;接着他们又百般劝说,极力奉告,但马寅初依然不为所动。于是老羞成怒的他们便在报纸上发表文章谴责、攻击马寅初。

1935年1月29日,南京《中国日报》发表了一篇《对党政人员贡献几句话》的社论,不指名地攻击马寅初。马寅初看到后,决定正面回击。于是他在2月3日的《武汉日报》发表了题为《马寅初对最近几件金融立法的说明》一文,他说:"目前偶闻南京某日报对于鄙人之立法工作加以指责,大概是不明了立法所致。鄙人服务于立法工作转瞬六载有余,不无相当经验,深知责任之艰巨,鄙窦之难防,故对每一法案,无不特别慎重,期免陨越,凡献身党国之同志,义所应尔,故鄙人每以党员之地位,对于危害党国,藉便私图之流,不得不以正言相责。虽得罪于人,在所不计……"

二

抗日战争爆发以后,国民党当局一再增发纸币,致使物价飞涨、民不聊生。与此同时,那些达官贵人、富豪巨商却争相抢购黄金美钞,或存于国外银行以作退路,或投入黑市以牟取暴利,大发国难财。对此,马寅初义愤填膺,于是他决定利用他担任社长的中国经济学社向国民政府发难。

1938年12月4日,中国经济学社第十四届年会在重庆举行。会上马寅初当面责问国民政府行政院院长兼财政部部长孔祥熙,搞得孔祥熙满脸通红、如坐针毡,下不了台。

蒋介石听说后大发雷霆、气急败坏,恨不能立马置马寅初于死地,但碍于马寅初的名声,不敢采取强硬措施。无奈之下,蒋介石叫来陈布雷,让他以派马寅初赴美考察为名,将马寅初排挤到国外去。

于是陈布雷找来当时在外交部任职的王正廷去当说客。王是马寅初在哥伦比亚大学时的同学,此人极善钻营,官运亨通,马寅初压根儿就看不起他,不愿同他往来。

王正廷见到马寅初之后,一再声称自己是奉蒋委员长之命,一是请马寅初到北碚立法院居住,以示党国关心;二是拟派马寅初至美国考察经济,时间可长可短,如果成行,政府将委任为驻美全权大使;三是马先生若有意,政府拟任命为财政部长或其他要职。马寅初闻之拍案而起,义正词严地说:"不就是说了句真心话,写了几篇文章吗?请问,这触犯了哪条国法?要赶我走?没门!要以高官厚禄收买我?休想!"王正廷讨了个没趣,悻悻而去。王正廷走后,马寅初仍然愤愤不平,遂写下一则"严正声明":

一、值此国难当头,我决不离开重庆去美国考察;

二、为了国家民族的利益,我要保持说话的自由,国民党政府的立法院没有多大意思,我决不去北碚居住,并要逐渐同立法院脱离关系;

三、不搞投机买卖,不买一两黄金、一元美钞。有人想要封住我的嘴,不让我说话,这办不到!

## 三

1940年11月10日,马寅初应黄炎培邀请,在重庆实验剧院就战时经济问题做公开演讲。

马寅初身穿蓝布长衫,头戴礼帽。他一登上台,劈头盖脸就说:"如今国难当头,人民群众有钱的出钱,有力的出力,浴血奋战;但是那些豪门权贵,却趁机大发国难财。前方吃紧,后方紧吃;前方流血奋战,后方平和满贯。真是天良丧尽,丧尽天良!"最后,他慷慨激昂地说:"今天我的儿女也来了,我的讲话,就算是对他们留下的一份遗嘱,为了抗战,多少武人死于前方,我们文人也不要姑息于后方,该说的话就要大胆说出来。蒋委员长要我去见他,他为什么不来见我?我在南京教过他的书,难道学生就不能来看老师吗?他不敢来见我,就是因为他害怕我的主张……"说到这里,马寅初大声说道:"在后边的警察们,要逮捕我马寅初吧,那就请耐心一点,等我讲完话,再下手不迟!"

## 四

1947年5月,中央大学准备举行校庆活动,中大学生自治会邀请马寅初到校演讲。国民党特务机关获悉后,恐吓马寅初:"你不能去南京中央大学演讲!如果要去,我们就打死你!"马寅初的不少朋友、学生闻讯都来劝马寅初不要去。结果马寅初说,"我非去不可!"当时马寅初身体有病,但他依然抱病前往南京。出发前,马寅初将写好的遗书交给亲属,并已做好被捕和牺牲的准备。

演讲那天,中央大学大礼堂挤满了学生。马寅初身穿蓝布长衫,大义凛然地登上了讲台。做了题为《我们应该怪什么》的演讲。演讲一开始,马寅初就用深沉的嗓音说:"中国人平均寿命只有36岁。我今年已经活过了65岁,远远超出了,我'赚'了。我的财产只有一些书籍,已经给子女立下了遗嘱,后事也安排好了。我无所畏惧,讲话不怕死,怕死不讲话。站在下面的特务先生们,你们要开枪就开吧!我马寅初在此专门恭候。"

## 五

在旧社会马寅初不畏强暴、敢怒敢言,新中国成立后,马寅初同样实事求是、坚持真理。20世纪50年代,马寅初因发表《新人口论》受到空前的批判。1959年对马寅初的批判达到了顶峰,各种批判文章铺天盖地,几乎要使他陷入"灭顶之灾"。对此,马寅初单枪匹马,誓死迎战。

1959年第11期《新建设》发表了马寅初五万字长文《我的哲学

思想和经济理论》。在这篇文章中马寅初写道："在论争很激烈的时候，有几位朋友力劝我退却，认一个错了事，不然的话，不免影响我的政治地位。他们的劝告，出于诚挚的友爱，使我感激不尽；但我不能实行。我认为这不是一个政治问题，是一个纯粹的学术问题。学术问题贵乎争辩，愈辩愈明，不宜一遇袭击，就抱'明哲保身，退避三舍'的念头。相反，应知难而进，决不应向困难低头。……我虽年近八十，明知寡不敌众，自当单枪匹马，出来迎战，直至战死为止，决不向专以力压服不以理说服的那种批判者投降。"

60年代马寅初又上书中央对学习毛泽东思想、防止搞个人崇拜，坦率陈词。1960年马寅初在政协北京市东城区的一次小组学习会议上说："我是坐过蒋介石的监狱的，坐监狱我已经有些经验了，我不怕孤立，不怕坐牢，不怕油锅炸。"

古人言："虽千万人，吾往矣。"马寅初经常对人说："言人之所言，那很容易；言人之所欲言，就不太容易；言人之不敢言，就更难。我就言人之所欲言，言人之所不敢言。"仗义执言，为民请命。马寅初是这么说的，也是这么做的。

第三章 从政

## 郭沫若的自省

对于20世纪的中国知识界来说，郭沫若是一个巨大的、标志性的存在。可以这样说，不了解郭沫若，你就无法真正了解20世纪中国知识分子的文化境遇和悲剧品格。那么，在20世纪中国知识分子漫长的精神炼狱中，郭沫若究竟有着怎样的心路历程？

新中国成立后，郭沫若逐渐失去了五四时代那种奋发有为、昂扬向上的精神，无论是学术品质还是个人品德都呈现出一种萎缩、停滞乃至倒退。对于自己的这些"蜕变"郭沫若心明如镜，迫于形势他一面高唱赞歌，一面又不断地对自己进行着良心和道德上的自省、反思和拷问。

郭沫若（1892—1978）

1958年3月，郭沫若为响应"百花齐放"的号召，将两年前写的《牡丹》、《芍药》和《春兰》三首诗拿出来，计划凑齐100首，艺术地象征社会生活中"百花齐放"的大好形势。仅用十天时间，郭沫若就以100种花为题写了101首诗，取名《百花齐放》。但是很快郭沫若就在一封信中，对此做了诚恳的自我批评。他说："我的《百花齐放》是一场大失败！尽管有人做些表面文章吹捧，但我是深以为憾的。"又说："尽管《百花齐放》发表后博得一片溢美之誉，但我还没有糊涂到丧失自知之明的地步。那样单调刻板的二段八行的形式，接连101首都用的同一尺寸，确实削足适履，倒像是方方正正、四平八稳的花盆架子，装在植物园里，勉强地插上规格统一的标签。……现在我自己重读一遍也赧然汗颜，悔不该当初硬着头皮赶这个时髦。"

1963年5月5日，郭沫若向陈明远这样袒露自己的心声。他说："至于我自己，有时我内心是很悲哀的。我常感到自己的生活中缺乏诗意，因此也就不能写出好诗来。我的那些分行的散文，都是应制应景之作，根本就不配称为是什么'诗'！别人出于客套应酬，从来不向我指出这个问题，但我是有自知之明的。你跟那些人不一样，你从小就敢对我说真话，所以我深深地喜欢你，爱你。我要对你说一句发自内心的真话：希望你将来校正《沫若文集》的时候，把我那些应制应景的分行散文，统统删掉，免得后人耻笑！当然，后人真要耻笑的话，也没有办法。那时我早已不可能听见了。"郭沫若不愧是一个历史学家，他连身后世人对他的耻笑都预料到了，足见其自省之深刻。

1965年12月22日，郭沫若在写给陈明远的信中说："我早已有意辞去一切职务，告老还乡。上月我满七十三周岁了。中国有句俗话，'七十三、八十四，阎王不叫自己去'。在世的日子，所剩无几了。回顾这一生，真是惭愧！诗歌、戏剧、小说、历史、考古、翻译……什么都搞了一些，什么都没有搞到家。好像十个手指伸开按跳蚤，结果一个都没能抓着。建国以后，行政事务缠身，大小会议、送往迎来，耗费了许多时间和精力。近年来总是觉得疲倦……"1966年4月14日，郭沫若在一个重要会议上，做了一个沉痛的发言，他说："在一般的朋友、同志们看来，我是一个文化人，甚至于好些人都说我是一个作家，还是一个诗人，又是一个什么历史学家。几十年来，一直拿着笔杆子

# 第三章
## 从政

在写东西,也翻译了些东西。按字数来讲,恐怕有几百万字了。但是,拿今天的标准来讲,我以前所写的东西,严格地说,应该全部把它烧掉,没有一点价值。"

郭沫若对自己的所作所为心知肚明,要不然他就不会在内心深处一而再、再而三地深刻反省。但是正如学者丁东所指出的那样,郭沫若尽管有自省能力,但却"无力自拔"。身处时代旋涡的郭沫若尽管拥有自省精神并企图从内心保持知识分子的独立性,然而在强大的政治面前他的这些努力常常是徒然的。历史大潮有它自身的逻辑,郭沫若裹挟其中,如同一片树叶,身不由己,顺流而下,直奔某种归宿。

# 李宗恩：誓死捍卫学术尊严

李宗恩（1894—1962）

提起李宗恩，今天很多人可能压根儿就不知道他的名字，可是他实在是一个值得书写的人。李宗恩，江苏武进人，出身于官宦之家。幼时就读于其父创办的新式小学，后来进入上海震旦大学学习法文。1911年夏赴英国留学，初入预备学校，后进格拉斯哥大学医学院，1920年毕业。1921年参加英国皇家丝虫病委员会赴西印度考察热带病，1923年回国，先后获伦敦大学硕士学位、格拉斯哥大学科学博士学位，系我国著名的热带病学医学专家、医学教育家。毕生从事医学教育、科研工作，对寄生虫病、血丝虫病、血吸虫病、疟疾和黑热病等有较深研究，在领导黑热病流行病学研究工作中尤有建树。然而，就是这样一位为我国医学事业做出过巨大贡献的科学家其一生之命运却令人扼腕叹息。

# 第三章 从政

　　李宗恩学成回国后,任职于北京协和医学院,历任助教、讲师、副教授、教授,其间定期赴江南考察热带病疫情,进行防治和研究。1937年秋,李宗恩南下筹办贵阳医学院,后担任院长职务。1947年5月,李宗恩赴北平担任北京协和医学院院长。1948年,李宗恩当选中央研究院第一届院士,当时胡适、傅斯年动员他去台湾,他拒绝了。他说,他要留在国内办医学教育。当时他说这句话的时候,无论如何也想不到自己此后的命运竟会是那样的悲惨。

　　李宗恩为人耿介,不趋流俗。作为科学家他始终坚持科学精神,始终坚持学术第一的至高原则。当年他在主持贵阳医学院期间,从清华借调来的生化学家汤佩松教授在西南联大成立后回清华研究院去了,这位颇得人心的训导主任一离开,教育部当局就趁机派来一位新的训导主任。此公拙于学术,但却喜欢动辄发号施令,因而在师生中备受"冷遇"。于是,这位以政治见长的官员主动找到李宗恩表达自己的强烈不满。李宗恩听后径直告诉他:"你不能指望科学家、医生和学生会驯顺地接受你的'训导'。"就因这番话,后来这位专职"政训"制造了许多麻烦,令李宗恩吃尽了苦头。

　　1947年,李宗恩出掌北京协和医学院。作为协和医学院首任院长的李宗恩要求来"协和"进修的人员一定要有扎实的基础知识和医疗卫生实践。对于那些因军功而送到"协和"来进修的人员他不肯接受。他认为,"协和"只培养那些可能成材的人,军衔在这里不应该起作用。那时对于派来"协和"进修的人员,李宗恩总要强调标准。他认为,一些初级的培训班之类,不应交给"协和",以免分散科研人员的精力。在那个政治领导一切的年代,李宗恩居然说出这样的话,结果就可想而知了。由于李宗恩坚持学术观点,结果被打成"右派",并被赶出他工作了大半辈子的北京协和医学院,进而又被迫退出了医学教育界。

　　李宗恩的弟弟李宗瀛在《回忆李宗恩》一文中提到这样一个细节。20世纪50年代,有一次李宗恩约他的妹夫吃饭,结果妹夫很晚才来,说是开会给耽误了,李宗恩很生气,就说:"在学术会议上安排那么多与主题无关的发言,是极大的浪费。"另外,他还说,开会动不动就"请某某首长指示",与他的脾气格格不入。这就是李宗恩,一个至死都不忘要捍卫学术尊严的科学家。

1958年,李宗恩被打成"右派",当时他已年过花甲,但依然难逃厄运,被发配到昆明,结果没过几年,就死在了那里。有学者曾这样说,对知识分子的态度是一个时代政治是否宽容的主要标志。李宗恩的遭遇对于我们思考一代知识分子在特定时代下的历史命运有着重要的启示意义。

# 第三章 从政

## 贺麟：当学术遇上政治

贺麟，我国著名的哲学家、哲学史家、黑格尔研究专家，现代新儒学的主要代表人之一。早在20世纪40年代贺麟就凭借其创立的"新心学"体系而一跃成为中国现代哲学史上卓然自立的学术大家。贺麟早年入清华学习，受梁启超、梁漱溟、吴宓等人影响对中国传统文化，特别是宋明理学产生浓厚兴趣，后就读于奥柏林大学、芝加哥大学、哈佛大学、柏林大学系统学习了西方哲学，因而他学贯中西，在哲学研究上采取的是比较参证、融会贯通的中西哲学结合之路。

贺麟(1902—1991)

贺麟深受西方民主思想影响，一生追求学术的独立、自由和尊严。1941年，贺麟写过一篇题为《学术与政治》的文章（后收入商务印书馆出版的《文化与人生》一书），一再阐述"学术有学术的独立自由"的观点。文章一开始就强调，学术在本质上必然是独立的、自由的，不能独立自由的学术，根本上不能算是学术。学术是一个自主的王国,它有它的大经大法,有它神圣的使命,有它特殊的广大的范围和领域,别人不能侵犯。每一门学术都有它的负荷者或代表人物,这一些人,一个个都抱"鞠躬尽瘁,死而后已"的态度,忠于其职,贡献其心血,以保持学术的独立自由和尊严,在必要时,牺牲性命,亦所不惜,因为一个学者争取学术的自由独立和尊严,同时也就是争取他自己人格的自由独立和尊严。假如一种学术,只是政治的工具、文明的粉饰,或者为经济所左右,完全为被动的产物,那么这一种学术,就不是真正的学术,因为真正的学术是人类理智和自由精神最高的表现。它是主动的,不是被动的;它是独立的,不是依赖的。它的自由独立,是许多有精神修养、忠贞不贰的学术界的先进,竭力奋斗争取得来的基业。学术失掉了独立自由就等于丧失了它的本质和它伟大的神圣使命。

在谈到学术与政治的关系时,贺麟说,尽管"最易而且最常侵犯学术独立自主的最大力量,当推政治",但由于自由独立的学术是培植自由独立之人格的根本,是建立独立自由之政治的源泉,所以学者应该"像有守土之责的忠勇将士,须得拼死命以保卫祖国一样",来维护学术的自由和独立;否则的话,政治就会被奸雄霸主所左右,陷入腐败衰朽的地步,政治工作人员就会成为没有灵魂的躯壳和依赖于人的玩物。他还说,学术和政治应该是体和用的关系,"一个政府尊重学术,无异于饮水思源,培植根本。假如政府轻蔑、抹杀、鄙视学术,那么这个政府就渐渐会成为'不学无术'、'上无道揆、下无法守'的政府"。贺麟的这些观点不仅在当时,就是在今天同样也是振聋发聩。

尽管贺麟一再强调,学者争取学术的自由、独立和尊严就是争取自己人格的自由、独立和尊严,然而正如他自己最欣赏的黑格尔的那句格言"没有人能够真正地超出他的时代,正如没有人能够超出他的皮肤",贺麟在步入知天命之年后却被迫放弃了自己一手建立起来的"唯心论"哲学。尽管贺麟内心里一直向往和追求自由、独立和尊严,可惜的是他后来也被迫放弃了他的学术尊严,而说了许多违心的话。也难怪他会说:"越是你最心爱的,便越是让你伤心。"纵观贺麟的后半生,我们深感一种学术传统在它的代表人物身上衰落、消失,这是一件多么令人痛心的事。

## 向达：耿介孤傲一书生

向达（1900—1966）

向达，字觉明，湖南溆浦土家族人，著名历史学家，以研究中西交通史和敦煌学而闻名。向达为人耿介、倔强、清高、孤傲，1949年的一份有关他的"政治思想情况"材料中，有如下定性式的评价：富有正义感；自高自大，有学术独立超然的思想；有士大夫的坚贞，无士大夫的冷静……

1946年12月31日，北平发生了抗议美军暴行运动，特务分子公开在北大民主广场撕毁进步学生张贴的有关罢课斗争的布告和标语，向达立即上前制止，严正指出："你们就是反对罢课，也不能撕毁别人的大字报，因为在北大，任何人有发表意见的自由。北大四十八年光荣历史被你们丢尽了。"暴徒们大吼："你是什么人？有什么资格讲话？"他一字一顿地回答："国立北京大学教授，姓向名达。"特务们骂着挥拳打他，广场上的学生立即前来保护，把他劝走。他当即

# 第三章 从政

找到校长胡适，提出辞职，一直到打他的特务学生被开除才罢休。

20世纪40年代后期向达在北大时，曾当面质询校长胡适："胡先生，您把北大所有的图书经费，用去买《水经注》。我们教书的几无新材料做研究工作，学生无新教科书可读，请问这是正当的办法吗？"说这话时他一脸严肃。胡适笑着说，"我用北大图书馆经费买几部《水经注》，是确实的。要说我把所有的图书经费，全用在买《水经注》上，以至学生无新书可读，那是不确实的，哈哈。"后来胡适提出"争取学术独立的十年计划"，向达复讥刺："我们今天愁的是明天的生活，哪有工夫去想十年二十年的？十年二十年后，我们这些人都死完了！"别看他此时这样与胡适过不去，但后来当举国上下一起"围剿"胡适时，他反倒不愿落井下石。不曲意逢迎在前，不乘人之危在后，这就是向达的书生本色。

向达性格高傲，言语率直，不善处世，所以一生不合时宜。1955年他在《向达的自传》中这样剖析自己："我虽然有正义感，但我并不加入民主党派，这充分表现了我的旧知识分子性格。我是一个学历史的学生，专门研究中西交通史……我用的是纯客观主义的方法。不问政治的纯学术的观点支配了我的思想……"1949年向达被提名为北京市各界人民代表大会代表，1954年当选为北京市人民代表大会代表，1955年被提名为第二届全国政治协商会议委员。1954年5月，中国科学院征得北大的同意，命向达兼任新成立的历史研究所第二所第一副所长（所长是北京师范大学校长陈垣，第二副所长是西北大学校长侯外庐），6月，他又被任命为中国科学院哲学社会科学部委员。如此高的待遇要放在一般人简直是求之不得，可向达偏偏不想搞政治，他一辈子追求读书搞学问。由于社会活动太多严重影响他的正常读书和研究，向达表示强烈不满。1957年2月末，全国政协开会，27日，毛主席在怀仁堂最高国务会议上做报告。次日，政协委员在政协礼堂开会讨论。据郑振铎的日记所写："九时，到政协礼堂，参加座谈会，即讨论昨天毛主席的报告。向达牢骚甚多。"至于具体是什么牢骚，郑振铎没有记。

追影：
**真名士自風流**

  1957年"大鸣大放"时，向达提出史学界要百花齐放，不能只开"五朵金花"（指古史分期、近代史分期、资本主义萌芽、农民战争及民族问题这五个方面的讨论），在学术观点上，也应百家争鸣。他认为马克思主义的原理和个别结论，不能代替具体的历史研究方法。他说："比如考古发掘，怎能说明这一锄是资产阶级唯心主义的，那一锄是马列主义的？"如此出言无忌后果是自然可想的，侯外庐、翦伯赞、陈垣、邓广铭、胡厚宣、杨向奎、白寿彝等均撰文批判他，可见当时讨伐声势之盛。最严重的是向达还被诬为有攫取湘西土家族苗族自治州州长的野心，于是，新旧账一起算，被错划为史学界"五大右派"（黄现璠、向达、雷海宗、王重民、陈梦家）。向达被划为"右派"后，翦伯赞在《右派在历史学方面的反社会主义活动》的文章中写道："向达在很多会议上的发言中对科学院的党的领导大肆攻击。他说科学院的领导是外行领导内行。一些行政领导的党员干部都是外行，'根本不懂业务'。他说科学院的党的领导'有如张宗昌带兵'，把共产党比作北洋军阀。向达经常摔纱帽，也就是表示自己要向外行抗议。……他身为北京大学的一级教授、图书馆馆长，又是科学院的哲学社会科学部的学部委员，历史研究所第二所的副所长。他不把这些看作是人民给他的破格的光荣，反而诬蔑党'既外行又不信任人'。他恶毒地诬蔑党对非党人士有'非我族类，其心必异'的思想，'科学院是宗派主义的大蜂窝'。他恣意挑拨说党把科学家看作'街头流浪者'，'呼之则来，挥之则去'。"

  "文革"中向达备受折磨凌辱。邹衡教授这样描述向达惨遭批斗的情景："我永远不能忘记那个可怕的太阳似火的上午，时在1966年6月，几个'造反派'架住被迫剃光了头的向达先生在三院二楼外晒得滚烫的房檐瓦上'坐飞机'，一跪就是几小时，……向先生已是六十六高龄……"此时的向达，尽管还暗中嘱咐友人"不必耿耿"，将如"凤凰涅槃，获得新生"，谁知，此后不久向达就因尿毒症病逝，遂成为"文革"中北大历史系第一位去世的学人。

# 第三章 从政

## 宋春舫：做官是职业也是学问

宋春舫是我国著名的剧作家、戏剧理论家、翻译家和国际著名的戏剧藏书家。由于历史的原因，今天的人们已不大熟悉他。宋春舫是国学大师王国维的表弟，他既是中国现代话剧运动的先驱，又是中国海洋科学研究事业的奠基人之一。他一生虽然短暂，却不乏动人之处。

宋春舫出生于上海一富裕人家。1905年，宋春舫在清朝最后一次科举考试中考取秀才，闻名乡里。清末废除科举制度后，他进入上海一所美国人办的教会学校学习，开始接受欧美最新的科学文化知识。

1911年，宋春舫进入上海圣约翰大学学习。大学尚未毕业，即于1912年春去瑞士留学深造，进日内瓦大学攻读政治经济学，三年后获硕士学位。此后，他又游历了法、德、意、美等国，专修政治、法律，精通法、

宋春舫（1892—1938）

英、德、意、西班牙和拉丁等多种语言文字。

1916年初夏,宋春舫回国先后担任上海圣约翰大学、清华大学、北京大学教授,讲授欧美戏剧及戏剧理论。他是我国真正介绍欧美戏剧的第一人,也是我国大学讲坛开设戏剧课程的第一人。"五四"时期,宋春舫在《新青年》等刊物上撰写了许多评价外国戏剧新思潮、新观念的文章,提倡话剧艺术,介绍欧洲现代资产阶级戏剧,开"五四"戏剧运动之曙光。

1920年春,宋春舫作为外交官前往欧洲意大利、奥地利、德国、法国等国家考察。1921年8月回国后,他将考察心得撰写成多篇论文。1928年,宋春舫应朋友之邀出任青岛观象台海洋科科长,后又兼任观象台图书馆馆长,并一度代理观象台台长,从而首开中国现代海洋科学研究之先河。

1924年,宋春舫因骑马不慎失足伤及左肺,吐血,此后身体一直很虚弱。1925年,宋春舫辞去所有教职,来青岛疗养。由于病情每两三年复发一次,所以他无法继续大学教授的工作,只能靠药物维持生命。30年代初期起,宋春舫先后辞去了在外交部、法院和私人银行等处的职务,一心专研戏剧,成就突出。1938年,宋春舫在青岛英年早逝,年仅46岁。

宋春舫一生先后做过外交官、政府参事、律师、银行高级职员、科学家、大学教授等多种职业,其中以教授和官员影响最巨。宋春舫在北平、上海等地当过十多年大学教授,对于中国的学术生态环境可谓了如指掌。他说:"凭我这一两年耳闻目睹的种种怪现状,做教授的不但要会教书,而且要有'合纵连横'政客的策略才行。"宋春舫做过官,对于官场更是深有感悟。他说,"做官是一种职业,非内行的人做官,不但捞不到钱,而且还要出乱子、闹笑话"。他还说,"民国九十年间,上海有人写了一本《官学》,可见做官不但是一种职业,而且是一种学问"。今天看来,宋春舫的这番话是多么的富有深味。

第四章 婚恋

第四章 婚恋

## 章太炎征婚

关于章太炎的婚姻,章氏自定年谱中最早只有一行字:"光绪十八年(1892),二十五岁,纳妾王氏。"章太炎门生汪旭初所撰《余杭章太炎先生墓志铭》中提到章太炎的最初婚事,有"先置室,生女子三人","室"指"妾"。章太炎早年患癫痫病,加上言行怪异,常被人视为疯子,没有人愿将女儿嫁给他,他母亲只好将自己陪嫁时的丫头许配给了他。这种婚姻无媒介聘礼,不能算作正式结婚,按当时习俗只能算"纳妾"。不正式娶妻而先纳妾,一方面是因为家里认为他患有癫痫不宜正式婚娶,另一方面也是给他留出"空间",以便将来迎娶更合适也更合心意的女子为妻。章太炎和这位王氏夫人感情生活究竟如何,因为没有更多的资料,我们不得而知。但有一点却是肯定的,那就是这位王氏夫人虽然与章太炎相依为命且为章太炎养育了三个女儿,但她直到死却始终没能"扶正"。这对于王氏而言,不能不说是一个长久而又沉默的悲剧。1902年7月,章太炎从日本回到余杭老家,原因是此时已有几个女儿的王氏夫人身体十分不好,且不久就亡故。章太炎在料理了王氏的后事之后又于1903年春天离开老家前往上海。

此后长达十余年时间里,章太炎一直是独身没有再娶。三载图圄,数年避难,使他无法考虑个人婚事。尽管众多朋友也常关心此事,热心作伐,但章太炎一概淡然处之,毕竟他心里有自己的择偶标准,只是一时佳偶难觅而已。湖北有章太炎的大批崇拜者,他对湖北也有特殊感情。每次来武昌,都有朋友向他开玩笑地夸说湖北女子好。章太炎遂乘兴在报纸上登出了一则征婚启事。章氏的征婚启事,是有史以来登报征婚的滥觞,他的征婚条件有五:第一条,以湖北籍女子为限;第二条,要文理通顺,能做短篇文字;第三条,要大家闺秀;第四条,要出身于学校,双方平等自由,互相尊敬,保持美德;第五条,反对缠足女子,丈夫死后,可以再嫁,夫妇不和,可以离婚。章太炎这则新潮的征婚启事无异于一磅重型炸弹,一时被传为佳话。

章太炎的征婚启事刊出之后,有无人前来应征呢?据日本发行于昭和十一年(1936)八月的《中国文学日报》载:"吴淑卿女士,十九岁,志愿加入革命军,称为革命女志士,为当时轰动一时的新闻人物。彼愿做章炳麟伴侣,有意示爱。章氏懵然,未曾介意。黎元洪见此情形,愿意做媒。章氏以革命为重,结婚为次,未成事实。"此时,章太炎的老友蔡元培看了征婚启事后,对章太炎说,你老弟别挑选得太辛苦,此事包在我身上,淑女必为名士妻。后来蔡元培果然给章太炎介绍了他家乡的一位出色的汤氏女子,不仅条件符合,是位才女,而且还比章太炎年轻了十余岁。对于汤氏,章太炎在他的自定年谱中有非常简洁的五个字记述,曰:"汤夫人来归。"汤夫人,名汤国黎,浙江桐乡人,有很好的学识修养,曾主编《神州女报》,并主持神州女校的教务,是近代最早的妇女活动家之一。以她的教育背景和资质,与章太炎可谓是天地作配。

# 第四章
## 婚恋

1913年6月15日,是章太炎和汤国黎大喜之日。上海爱俪园披红挂彩,车马辐辏,许多领袖人物都到场了:孙中山、黄兴、陈其美、蔡元培……来宾达200多人,真是华盖云集,盛极一时。据说当时要求进园参观婚礼的人成百上千,但门禁森严,拒不许入。作为新郎的章太炎脸上自是一派喜气,身着崭新西式黑呢礼服,雪白的衬衫上打着领结,只是皮鞋可能选得大了一点,据说人多时踩掉了一只,慌乱中一只脚又没能顺利套进去,弄得颇为狼狈。婚礼按新式进行。男女双方介绍人为张伯纯及沈和甫二人,蔡元培做证婚人。仪式中,章太炎与汤国黎交换金指环。由礼乐队奏乐,相对行三鞠躬礼;而且自撰结婚证书的文辞,请证婚人宣读。章太炎戴的是一顶其高无比的大礼帽,走路时,两手乱甩不已,连孙大总统都笑得合不拢嘴。司仪喊着三鞠躬,大礼帽落地两次,引起哄堂大笑。婚礼即毕,到"一品香"酒楼宴客。爱俪园园主哈同先生,本来要用他的汽车送章氏夫妇到"一品香"去摆喜筵,答谢亲友,章太炎以为不可,跳上了不知哪一位朋友的一辆马车,直趋"一品香"。他根本不知道"一品香"有两个部门,一个是旅业部,一个是大餐厅,落车之后,四顾茫茫,不知从哪一个门走进去,幸亏"一品香"徐老板在门口等候,这才把他们夫妇俩接了进去,一个安排在新娘房,一个迎入餐厅中,当时那个马车夫,一个红封包都没有拿到,还是由姓徐的老板掏出腰包了事。喜筵座位排定左边为新娘及女宾席,右边为新郎及男宾席。席上男女两方举行余兴,请新郎即席赋诗,否则罚酒十觥,章太炎在20分钟内即席成诗四首,而且亲自朗诵。其中一首写道:"吾身虽绨米,亦知天地宽。振衣陟高冈,招君云之端。"意思是:我虽然渺小凡庸,也知道天地高阔,抖擞衣服登上高冈,向在云端的你招手。对章太炎说,新娘正像是天上的仙女,可想而知,他是何等的爱慕。新娘只写了一首旧作《隐居》,结果也被章太炎抢来朗诵,可惜章太炎是近视眼,看错了八个字,那八个字是"章童汤妇,国圆炳柄",章太炎读时,他的一位门生对旁人作耳语说"这八个字,章师看错了"。女宾席上顿时大起骚动,要章氏罚酒八觥,但是饮到一半,他的门生黄季刚(黄侃)和汪旭初抢着代饮。按照中国人的礼数,此时新人尤其要万分感激媒人,于是章太炎又赋诗一首:"龙蛇兴大陆,云雨致江河。极目龟山峻,于今有斧柯。"诗中景象宏大,使人联想起他生活的背景正是气势磅礴的反清和共和大业,远望龟山高耸的武昌,那里是首义成功之地。而今又有媒人做合此美好姻缘,他此时的心情真是陶陶然至极。

　　章太炎与汤国黎婚后仅一月就被袁世凯软禁。被困期间章太炎屡求速死,其女也自缢身亡,章太炎又长期绝食,在这种情况之下,留在上海的汤国黎的心境是可想而知的。据说,汤国黎对自己嫁给章太炎是很感委屈的,她曾对人说,"关于章太炎,对一个女青年来说,有几点是不合要求的:一是,其貌不扬;二是,年龄太大,他长我十五岁;三是,很穷"。章太炎又穷、又丑、还老,汤国黎则被时人誉为"皇后",她之嫁与章太炎真可以说是凤凰下嫁,委曲求全。

## 大龄青年陈寅恪

1926年,36岁的陈寅恪结束了国外求学生涯,回国出任清华国学研究院导师,与王国维、梁启超、赵元任一起并称"清华国学研究院四大导师"。由于陈寅恪长期以来潜心学业,加之他认为自己体弱多病,恐累及他人,故一直未婚。这时,陈寅恪的母亲俞氏已去世,父亲陈三立一再催促他早日成婚,但陈寅恪始终未承允。

陈寅恪初到清华,因无家室,学校便安排他住在工字厅单身宿舍。但是陈寅恪嫌其冷清,不愿住。于是住到了同事赵元任的家中。当时赵元任住清华南院一、二号两屋,于是将二号屋让出一半给陈寅恪住,陈吃饭也在赵家搭伙,日常一些生活琐事也都由赵元任夫妇代管。陈寅恪对此显然很满意,他说:"我愿意有个家,但不愿意成家。"

这样的状况维持了好长一段时间。陈寅恪习以为常、安之若素,赵元任夫妇也毫无怨言。但是,这样总归不是个办法。赵元任的妻子杨步伟是个有名的热心人,菩萨心肠,快人快语。她眼见陈寅恪快40岁了还单身，实在忍不住便对他说："寅恪，这样下去总不是事。"陈寅恪回答："虽然不是永久计，现在也很快活嘛。有家就多出一大堆麻烦事了。"听到这里，赵元任开玩笑说："不能让我太太老管两个家啊！"这时陈寅恪才意识到问题的严重，他终于同意可以考虑成家。于是赵元任夫妇就与清华大学的体育教师郝更生联合做媒，将郝更生的女友高仰乔的义姐唐筼介绍给了陈寅恪。

唐筼，又名晓莹。1898年生，广西灌阳人，出身名门。其祖父唐景嵩是同治四年（1865）的进士，先后任翰林院庶吉士、吏部主事等职，后出任台湾巡抚，在中法战争中屡建功勋，获清廷"四品衔"、"二品秩"和"加赏花翎"的赏赐，是位爱国将士。唐筼毕业于金陵女校体育专业，后执教于北京女高师，曾是许广平的老师。陈寅恪与唐筼见面后，彼此一见钟情，都很珍惜这生命中来之不易的姻缘。

陈寅恪曾把爱情分为几个不同的层次：最伟大、最纯洁的爱情应当是完全出于理想"情之最上者，世无其人。悬空设想，而甘为之死，如《牡丹亭》之杜丽娘是也"。这样的爱情现实中是没有的，只有在文艺作品中才能发现。第二个层次的爱情是若真心爱上某人，即便不能结合，也忠贞不渝，矢志不变。如贾宝玉与林黛玉以及古代那些未嫁的贞女等。第三个层次是"曾一度枕席，而永久纪念不忘，如司棋与潘又安，及中国之寡妇是也"。而第四个层次，才是人们平常最多见也最为推崇给常人的，即终身为夫妇而终身无外遇者，但这种状况下是否夫妇一直有着真正的爱情呢？最后，还有一个层次，不过这其实已经不是爱情，只是贪图欲望的满足而已，已不足论也不必论。基于此，陈寅恪对如何选择婚姻爱情有自己的立场，他说："学德不如人，此实吾大耻。娶妻不如人，又何耻之有？"又说："娶妻仅生涯中之一事，小之又小者耳。轻描淡写，得便了之可也。"由此可见，在陈寅恪看来，如果志向不在学术、事业，而一心只求得一美丽妻子，是很愚蠢的。

1928年，陈寅恪与唐筼在上海结婚。这一年陈寅恪38岁，唐筼30岁。此后，他们便开始了相濡以沫的一生。

## 蔡元培的三段婚姻

蔡元培在婚姻上，可谓命途多舛。他一生经历了三次婚姻，由"六礼"到中西合璧，再到婚姻自由、平等，其间充满了传奇色彩。

蔡元培读书很用功，17岁便考中秀才，被本乡富商、藏书家徐树兰请至家中与其子伴读。在这期间，蔡元培结识了上虞宿儒王佐的妹妹王惠如，二人情投意合。不料王母嫌蔡元培家境清贫，遂借口蔡元培"非寿者相"，不同意这门亲事。无奈之下，蔡元培只好遵父母之命娶同窗好友薛朗轩之姨妹王昭为妻。婚后七日，蔡元培应科试，位列第一，接着又乡试中举。消息传到王家，老太太非常后悔，王惠如受此打击，一年后便抑郁而终。蔡元培此后每念及这段感情便心中凄然。

蔡元培的第一位夫人王昭，大蔡元培一岁，有洁癖，凡她用的东西，如坐席、食器、衣巾等都严禁别人触摸。王昭持家极节俭，蔡元培却生性豪放、不拘小节,因此两人常为一些琐碎小事而发生口角。后来王昭陆续为蔡元培生下两个儿子(长子阿根早年夭亡,次子无忌曾留法读博),夫妻关系才慢慢好转。可惜好景不长,王昭就因肝疾离开了人世。蔡元培悲痛不已,做联哀挽:"自由主义君始与闻,而未能免俗,天足将完,鬼车渐破,俄焉属纩,不堪遗恨竟终身。"

　　王昭去世时蔡元培刚满32岁,因此前来为他说亲的人络绎不绝。蔡元培写了一张续聘条件书,贴于自家墙壁之上:第一,天足(不缠足);第二,识字;第三,男子不得娶妾;第四,夫妇意见不合,可以解约(离婚);第五,丈夫死后,妻子可以改嫁。面对这份惊世骇俗的征婚启事,许多人吓得退避三舍。蔡元培这样做无非是想向社会表明他要为自己做主,求得一个如意自由的婚姻。后来在别人的撮合下,蔡元培结识了江西女子黄仲玉。1901年11月22日,蔡元培与黄仲玉在杭州西子湖畔举行了他一生中的第二次婚礼。与第一次旧式婚礼不同,这次婚礼可谓中西合璧。蔡元培用红幛缀成"孔子"二字,代替悬挂三星画轴的传统,并且一扫以往的烦琐仪式,只举行了一个小型的演说会来代替闹洞房。蔡元培此举意在改革社会风气,冲破封建陋俗,提倡男女平等。黄仲玉与蔡元培共同生活了21个春秋,为蔡元培生下长女威廉、三子柏龄。1921年1月9日,蔡元培在由法国前往瑞士的途中得知夫人去世的噩耗,悲痛欲绝中写下一篇荡气回肠、催人泪下的不朽祭文《祭亡妻黄仲玉》:

　　呜呼仲玉,竟舍我而先逝耶!自汝与我结婚以来,才二十年,累汝以儿女,累汝以家计,累汝以国内、国外之奔走,累汝以贫困,累汝以忧患,使汝善书、善画、善为美术之天才,竟不能无限之发展,而且积劳成疾,以不能尽汝之天年。呜呼,我之负汝何如耶!……

　　黄夫人过世后,身边的亲友不忍看蔡元培孑然一身,于是便张罗着为他续弦。可是让人们意想不到的是,这时蔡元培提出的条件更加"苛刻":第一,本人要具备相当的文化素养;第二,年龄略大;第三,须谙熟英语而能成为工作助手者。蔡元培原想凭借这几个条件可以将亲友唬回去。没想到昔日故友、浙江兴业银行总经理徐新六却一脸粲然地满口答应下来,"没问题,没问题,并且我还可以给您再增补几个条件:第四是贤惠且极富爱心;第五相貌可人,亲切,勤勉;第六……"徐新六为蔡元培介绍的是蔡元培昔日的学生、今已33岁尚待字闺中的江宁才女周峻。1923年7月10日,蔡元培和周峻在苏州留园举行了简朴而新式的婚礼。婚后十天,蔡元培偕周峻及子女离沪奔赴比利时首都布鲁塞尔,开始了他多灾多难、命途多舛的晚年人生。

## 梁漱溟悼妻

作为一代宗师,梁漱溟的爱情与婚姻也如同他的整个人生一样颇具传奇色彩且耐人寻味。

梁漱溟从小聪慧过人,十四五岁时即开始思考人生。18岁加入同盟会,因为看不惯革命党人争权夺利而后退出。革命无结果,事业又难成,梁漱溟感到十分痛苦,几次想自杀,均未成。苦闷之下,他决定隐居,专心研究佛教,进而看破红尘,公开声称今后不结婚,不吃荤,不喝酒。对于他不结婚的决定父母感到很伤心。梁漱溟的哥哥梁焕鼐结婚十年但一直没有生子,父母原指望梁漱溟能传宗接代。但梁漱溟突然宣布要过佛教徒生活,这就意味着他们梁家要绝后。为此家人几次劝他但都没有结果。1912年6月,母亲病重,临终前,她将梁漱溟叫到床边拉着手哭道:"儿啊,娘活不了几天。你的事太叫娘放心不下。你不能这样下去。你不成家,梁家就绝了后。我死不瞑目!"几年

# 第四章
## 婚恋

后父亲梁巨川也投水自尽。

父亲的自杀特别是民国时期社会的黑暗，使得他意识到自己的出家只是解决了自己的人生困惑，而没有拯救苍生于水火，这其实是一种消极的逃避。梁漱溟一生喜爱儒学。儒家主张入世，重视家庭、伦理和社会和谐，并主张把家庭伦理扩张到全社会，使人人亲切和美，相亲相爱，以此达到社会的和谐，特别是儒家的"不孝有三，无后为大"对他触动很大。他感到过去宣称的不结婚，是对父母的不孝，也是对社会不负责任，于是他决定尽快成家以告慰父母在天之灵。不过，梁漱溟对女方要求却非常奇特，且听他是如何讲述的：

> 我们结婚之年，靖贤28岁，我29岁，伍庸伯先生实为媒介。民国十年（1921）夏，我应山东教育厅之邀为暑期讲演于济南，讲题即为《东西文化及其哲学》。讲毕回京写定讲稿准备付印，正在闭户孜孜而伍先生忽枉顾我家，愿以其妻妹介绍于我，征询我的要求条件如何。我答：我殆无条件之可言，一则不从相貌如何上计较；二则不从年龄大小上计较；三则不从学历如何上计较，虽不识字亦且无妨；四则更不需核对年庚八字。当然，亦非尽人可妻。我心目中悬想得一宽厚和平之人；但其人或宽和矣，而无超俗之意趣，抑何足取？必意趣超俗者乃与我合得来。意趣超俗矣，而魄力不足以副之，势将与流俗扞格而自苦；故尔要有魄力才行。我设想以求者如是如是。伍先生笑曰，你原说无条件，你这样的条件又太高了。然而我要为你介绍之人却约略有些相近。其时我一心在完成手中著作，未暇谈婚事，且洵知伍先生娶于旗籍人家，虽属汉军旗而袭染满洲人习俗，我夙所不喜，当下辞谢其介绍好意。其后既卒于订婚而成婚，成婚之夜我为靖贤谈及上面说的宽厚、超俗、魄力三点。她不晓得魄力一词，问此二字怎样写，正为其读书不多，超俗云、魄力云，非所习闻也。

梁漱溟文中所提的靖贤，即后来之妻黄靖贤。黄靖贤，原名婧女卷,北京汉军旗籍人。"靖贤"这个名字据说是梁漱溟后来所改。关于黄氏的相貌,梁漱溟在《悼亡室黄靖贤夫人》一文中回忆说:"她的衣履、装饰,极不合时样,气度像个男子,同她的姐姐伍夫人站在一起,颜色比姐姐反见老大。凡女子可以引动男子之点,在她可说全没有。"黄靖贤虽说面貌不怎么漂亮,但知书识礼,心肠也好。这样,1921年冬天,梁漱溟与黄靖贤在相识不久后就匆匆结婚。婚后,黄靖贤生了一个男孩、一个女孩,均先后夭折,后又生两个儿子培宽、培恕,抚养成人。1935年8月20日,黄靖贤因病在山东邹平去世。去世时培宽11岁,培恕仅8岁。

在共同生活的这14年间梁漱溟与黄靖贤感情如何呢?"我好读书,用思想,而她读书太少,不会用思想,许多话都不会谈,两个人在意识上每每不接头。"这样两人心灵情感无法沟通的婚姻,其感情可想而知。"因此,在婚后十年内,彼此感情都不算顶好。"但是随着时间的推移,互相磨合的加深,有了认同与了解后,梁漱溟开始认识到自己妻子的优点,"靖贤的为人,在我心目中所认识的,似乎可用'刚爽'两个字来说她"。梁漱溟不仅看到自己妻子身上正直、忠信的性格品质,而且从妻子默默为自己操劳家务的奉献精神,更感受到了那份夫妻情分,"婚后14年间,使我借以了解人生,体会人生。并从她的勤俭,得以过着极简易的生活,俾我在社会上能进退自如,不用讨钱养家,而专心干我的社会运动"。尤其在黄靖贤去世前四年间,夫妻间感情达到弥笃。黄靖贤的去世使梁漱溟非常悲痛。他在《悼亡室黄靖贤夫人》中是这样充满深情厚谊回忆这段生活的:"我自得靖贤,又生了两个孩子,所谓人伦室家之乐,家人父子之亲,颇认识这味道。"对于妻子的去世,梁漱溟感到非常哀痛:"现在靖贤一死,家像是破了,骤失所亲爱相依的人,呜呼!我怎能不痛呀!我怎能不痛呀!"为了哀悼亡妻,梁漱溟还写了一首诗,以示纪念:

我和她结婚十多年,

> 我不认识她,她也不认识我。
> 正因为我不认识她,她也不认识我,
> 使我可以多一些时间思索,
> 多一些时间工作。
> 现在她死了,死了也好;
> 处在这样的国家,
> 这样的社会,
> 她死了使我可以更多一些时间思索,
> 更多一些时间工作。

基于对黄靖贤的情感,梁漱溟决定,以后不再续娶,"我此后决不续娶,不在纪念她的恩义,表见我的忠贞,而在不应该糟蹋她留给我的这个机会"。

但是,九年后的1944年,梁漱溟还是有了第二次婚姻。事情是这样的:

1943在桂林老家的梁漱溟经人介绍,认识了在当地做教师的陈淑芬女士。陈淑芬是北京师范大学毕业生,年已47岁了,但尚未婚配,是个老姑娘。这时年已51岁的梁漱溟似乎完全忘记了过去的誓言,居然热烈地爱上了陈淑芬。陈淑芬人长得较漂亮,也会打扮,看上去比实际年龄要小十余岁。梁漱溟系名人,陈淑芬也是桂林颇有名气的待嫁女,两人相恋的消息很快在桂林乃至广西全省传开,新闻界天天跟踪采访。

1942年1月23日下午,梁漱溟、陈淑芬的婚礼在桂林市区一家旅馆的宴会厅举行。桂林文化、学术界100多人前来庆贺。婚礼由李济深将军主持。他先向来宾宣布了婚礼的程序,接着由作家白鹏飞致辞。白鹏飞的讲话洪亮又不乏幽默,他说:"梁先生原籍桂林,……抗战开始后方归故里。但他在桂林并无家室,既无家室,何言回家。那么最好就是着手建立家庭。敞开的心扉自然容易被人占据。陈女士出阁甚晚，因为她一直要嫁给一位哲学家……于是，她就乘虚而入了。"话一说完，大家就大笑起来。然后由著名诗人柳亚子和戏剧家田汉先生宣读"贺婚诗"。田汉不愧为艺术大师，"贺婚诗"被他念得甚为动人，屡屡引起雷鸣般的掌声。在随后的庆祝仪式上梁漱溟发言："婚姻是人生中一件重要的事情。我们要请教有着丰富生活经验、年高望重的龙积之先生。"于是，龙积之老先生捋着花白的胡子就婚姻的意义引经据典地做了一番高论。

在来宾们的要求下，梁漱溟兴致勃勃地讲起了他们的恋爱经过。"现在，我听说谈恋爱要花很多钱，下馆子，看电影，看戏等等。但我却没有花过一分钱。我是羞于谈及此事，但的确连出去散步也没有过。我也曾给她写过信，约她在天气好时一起去经山村的河边散步。但那天却恰逢阴天小雨。她是否会应约前来呢？我犹豫了一会儿，拿把伞就出门了。如我所料，在半路上遇见了她。因为还在下雨，我们仍然无法去散步。于是我们终于只是在路边的小亭子里坐了一会儿！"恋爱的故事讲得细致动人，惹来宾朋一阵热烈的掌声和笑声。讲完了恋爱故事，梁漱溟还童心大发，情不自禁地唱起了一段"抒情小调"——京剧《黄天霸》。尽管他的嗓子不怎么好，唱得也不标准，但来宾们还是一再为他鼓掌。唱完了歌，梁漱溟突然向来宾高声宣布："我们现在可以走了！"话音一落，他牵着陈淑芬的手迈出了宴会厅。

梁漱溟与陈淑芬的婚礼虽然举行得十分热闹，但婚后却不怎么幸福。梁漱溟是个社会责任感很强、做事颇为认真的人，他一旦投身事业和工作，很少顾及家庭。正像他在《寄宽恕两儿书》中所说："我不谋温饱，不谋家室。"他太钟情事业，必然冷落陈淑芬。对此，陈淑芬想法颇多。此外，家中事情都落在陈淑芬身上，也使陈感到很吃力。陈淑芬的脾气大，一遇不顺的事就爱发火，而且很难说通，这是梁漱溟最为反感，也很难忍的。因而，两人时常为琐事发生摩擦。对于自己的这第二次婚姻，梁漱溟不是很满意。1980年，美国芝加哥大学教授艾恺访问梁漱溟问及他与陈淑芬的婚姻时,梁漱溟摇头说:"妻子的个性是如此好强,结果是……唉!唉!唉!"在谈话中,梁漱溟还向艾恺教授透露了当年他与陈淑芬结婚时,陈淑芬未向他和媒人、记者讲出真实年龄。陈淑芬女士当时已经47岁,但月老牵线时,隐瞒了陈女士的真实年龄,说是40岁。

　　陈淑芬个性强烈,脾气暴躁,成为梁漱溟的夫人后,她有时在公众场合不大讲礼仪,这令梁漱溟很是尴尬。有一次,梁漱溟和他的朋友"性格古怪的德国音乐家卫西琴"交谈,谈到女人,梁漱溟说女人不是创造者,是创造创造者,他认为年轻的女人其身体和责任就是生育。谁知这话惹恼了陈淑芬,当场让梁漱溟下不了台。"在父亲的生活里,家庭生活始终不重要,无论是第一个或第二个配偶都不重要。我料想,如果他回顾一生,会对她们两人觉得歉然。"次子梁培恕如是说。两任太太比较起来,梁漱溟似乎更怀念发妻黄靖贤,耄耋之年写《纪念先妻黄靖贤》,认为"只有她配做自己的妻子"。尽管梁漱溟对后来这次婚姻不太满意,但他还是很感激陈淑芬,因为陈淑芬是在他最困难的时候与他结婚的,陪伴他从中年进入耄耋之年,并为他做出了很大的牺牲。也正因此,当陈淑芬1979年去世时,梁漱溟亲自为她诵经守灵。梁漱溟的弟子胡应汉结婚,梁书条幅赠之:"男女居室,西人言爱,中国主敬,敬则爱斯久矣。""敬"是中国传统礼仪和文化的概念,这"敬"里有夫妻平等、举案齐眉、相濡以沫的内涵。或许这话最能代表梁漱溟的婚姻观。

## 梁实秋与女明星闪婚

梁实秋（1902—1987）

话说有一年中秋节前后的一天，徐志摩匆匆跑到梁实秋家里来，贴着梁实秋的耳朵轻声说："胡大哥（指胡适）请吃花酒，要我邀你去捧捧场。你能不能去，先和尊夫人商量一下，若不准你去就算了。"梁实秋听后问他要不要叫上努生（即罗隆基）。当时罗隆基和夫人张舜琴住在梁实秋的隔壁。他们夫妻感情不和，时常吵架、打斗，有时竟闹至半夜。张舜琴多次哭哭啼啼地跑到梁实秋家里来诉苦，梁实秋的夫人程季淑总是要劝说安慰几句，送她回去。正是因为这个原因，徐志摩说："我可不敢，河东狮子吼，要天翻地覆，惹不起。"于是梁实秋便上楼去告知程季淑，没想到程季淑一口答应，笑嘻嘻地说："你去嘛，见识见识。喂，什么时候回来？"梁实秋立即说："当然是吃完饭就回来。"由此可见程季淑对梁实秋是十分的信赖。

胡适为人豪爽，喜结交朋友，平日应酬

# 第四章
## 婚恋

也未能免俗。这次,他照例摆了一桌。梁实秋入席后,胡适要每人写字条召唤平素跟自己相好的姑娘来陪酒。梁实秋无此嗜好,一时大窘。胡适便说:"由主人约一位吧。"于是,约来了一位坐在梁实秋身后陪酒,梁实秋感到很不自在。饭后又安排打牌,梁实秋无心参与,立即告辞回家。回到家里,程季淑笑着问梁实秋:"怎么样?有什么感想?"梁实秋便告诉她:"买笑是痛苦的经验,因为侮辱女性,亦即是侮辱人性,亦即是侮辱自己。"梁实秋认为,男女之事若没有真的情感在内,是丑恶的。这是梁实秋在上海期间唯一的一次体验,以后便再没有这样的事了。

1930年夏,梁实秋的个人生活又出现了一个小插曲。有一天徐志摩打电话给他,没头没脑地在电话里大声说道:"你干的好事,现在惹出祸事来了!"一听之下,梁实秋顿时大吃一惊。立即反问徐志摩是什么事。徐志摩说,上海商务印书馆的黄警顽受其友人某君委托,替其妹做媒,对象是梁实秋,请问他梁实秋意下如何。

梁实秋听了徐志摩所说的,莫名其妙。他说:"你在做白日梦,胡扯些什么?"

徐志摩说:"我且问你,你有没有一个女学生叫×××?"

梁实秋说:"有。"

徐志摩说:"那就对了。现在黄警顽先生来信要给你做媒,并且要我先探听你的口气。"

梁实秋告诉徐志摩:"这简直是胡闹。这个学生在我班上是不错的,我知道她的名字,她的身材面貌我也记得,只是我从来没有机会和任何男女生谈话。"

徐志摩在电话中最后说:"好啦,我把黄警顽先生的信送给你看,不是我造谣。你现在告诉我,要我怎样回复黄先生?"

梁实秋不假思索地对徐志摩说:"请你转告对方,在下现有一妻三子。"说完,便放下了话筒。

梁实秋一生最引人争议的地方莫过于他的"黄昏恋"。1974年4

月30日上午10时半,梁实秋与夫人程季淑手拉着手到距离他们附近的一家市场去买午餐食物。不料市场门前的一个铁梯忽然倒下,刚好击中程季淑的头部。尽管当时立即送医院急救且动了手术,但还是未能救治,程季淑与世长辞,终年74岁。

程季淑突然因故辞世对梁实秋打击很大,他觉得自己像一棵树,突然一声霹雳,电火烧毁了半截树干,还剩下半株,半株虽有叶,还活着,但是已无生气了。"形影不离,五十年来成梦幻;音容宛在,八千里外吊亡魂。"仅凭这副对联就不难看出梁实秋对于这位与他相濡以沫了大半辈子的结发妻是何等的一往情深。不仅如此,他还于同年8月29日写成了《槐园梦忆》一书,以此表达对亡妻的悼念。据说,当时读过此书的人都"赞叹这位大师对待爱情的忠贞,婚姻的严肃"。

但是谁也没有想到此后不久,1974年11月,一个偶然的机会梁实秋结识了41岁的台湾著名歌星韩菁清。两人一见钟情并坠入爱河。从1974年11月27日在台北相识,到1975年3月29日梁实秋从美国返回台北,短短124天,梁实秋居然向韩菁清写了125封情书。据韩本人讲梁实秋的这些情书"写得非常细腻、纯真,但一点都不俗气,不肉麻。他的情调很高雅,像他的《雅舍小品》那样"、"写得实在很好,不但真挚,而且有才气闪烁于字里行间"、"每封都写得很好,有个性,有真情,有深度,有趣味,而且老练简洁"。对于梁实秋的这场"闪婚"人们大多表示反对,甚至有人大骂梁实秋"负心"、"晚节不检点"。就连梁实秋的女儿梁文蔷也深感忧虑,她担心梁实秋将来的遭遇,直言忠告:"年老体衰,未必能长久满足对方,届时怎么办?"梁文蔷之所以有这样的担忧完全是出于对父亲的真心爱护。因而,梁实秋被感动地哭了。

面对世人的偏见、阻挠和干扰,梁实秋不为所动。他向韩菁清表示:"没有什么事情——过去、现在、未来在内——能破坏我们的爱情与婚姻。我爱你,是无条件的,永远的,纯粹的,无保留的,不惜任何代价的。……我更爱你,更同情你,更了解你,更死心塌地地决心与你婚后厮守一生。"

相识5个月,相思60天。1975年5月9日(原定为4月6日,因蒋介石4月5日去世,故延期),72岁的梁实秋终于如愿以偿地娶到了小他30岁的韩菁清。此后两人一起共同生活了12年,直到1987年11月3日梁实秋因心肌梗死病逝于台北。

## 马寅初与两个妻子

1901年，当时还在上海求学的马寅初回家过春节，由父母做主，与家乡的一位农家姑娘张桂君结婚。张桂君，原名张团妹，浙江嵊县人，出生于1882年农历九月十七日，与马寅初同岁。张桂君虽然目不识丁，但生性忠厚善良，会做一手口味纯正的家乡菜，人长得清秀漂亮。最让马寅初父母和他自己满意的是，这个姑娘为人善良、贤惠，善解人意，通情达理，孝敬公婆，手脚勤快，而且与妯娌们相处得也很和谐。

马寅初对父母安排的这次婚姻并不排斥，相反他欣然接受，他与那个时期的大多数中国男人一样"先结婚，后恋爱"，与妻子建立起了良好的感情。婚后第二年，张桂君即为马寅初生下一个儿子。马寅初十分喜爱这个儿子，他北上天津去北洋大学读书

## 第四章 婚恋

时,临行前抱着儿子亲了又亲,依依不舍。谁料他走后不久,一位亲戚抱着孩子上街时,踩着一片西瓜皮,摔倒在地。孩子受到惊吓,发起高烧,求医无效,竟然夭折。马寅初为此十分伤心,在他百岁高龄时,还时常念叨这个早夭的爱子。

张桂君先后为马寅初生育过一子三女。除这个不幸夭折的长子外,其余三女皆长大成人。女儿马仰班,1904年出生于浙江老家嵊县,因景仰东汉女历史学家班超,马寅初遂为其女取名马仰班,可惜的是,马仰班1954年在北京先父母而病逝。女儿马仰曹,1908年出生于浙江嵊县,早年毕业于燕京大学经济系,后随丈夫去英国伦敦定居。女儿马仰峰,1925年生,毕业于南京中央大学艺术系,后长期从事美术工作,退休后,在上海安度晚年。

张桂君伴随马寅初走过了81年的漫长人生之路。1982年马寅初逝世后,张桂君由北京移居上海,与小女儿马仰峰一起生活。她们居住在上海市徐汇区吴兴路的一座楼房里,三房一套,居住条件不错。张桂君喜欢站立在窗前欣赏室外的花草树木,特别爱听越剧,身体甚健康。张桂君比马寅初还长寿,1987年2月病逝,享年106岁。

马寅初的另一位妻子名叫王仲贞。1917年,当时已是北京大学教授的马寅初回嵊县家乡度假,父母又为他娶了一个13岁的小姑娘王仲贞。王仲贞,浙江新昌人,生于1904年,比马寅初小22岁,年轻漂亮,小学毕业,这在当时的女孩中已是相当高的文化程度了。王仲贞待人处世也很通情达理,婚后夫妻和谐。

王仲贞为马寅初生育了两儿两女。女儿马仰惠,1918年出生于北京,后来长期担任父亲马寅初的秘书。夫婿徐汤莘,1939年毕业于西南联大经济系,后分配到重庆大学任教,曾经担任过马寅初的助手。女儿马仰兰,1922年生,1945年毕业于中央大学外文系英语专业,后到美国工作,并定居西雅图。长子马本寅,1925年生,新中国成立前毕业于复旦大学土木工程系,后为北京市第五建筑工程公司高级工程师、北京市政协委员。次子马本初,1926年生,毕业于浙江大学机械系，后在纺织工业部情报研究所工作。王仲贞1993年病故，享年90岁。

由于历史的原因，马寅初拥有两位妻子，这就使他的婚姻家庭生活不可避免地打上了封建时代的烙印。也正是因此，使得不少人对马寅初颇有微词。胡适就曾在日记中写道："（1922年8月10日）饭后与马寅初同到公园，……寅初身体很强，每夜必洗一个冷水浴。每夜必近女色，故一个妇人不够用，今有一妻一妾。"事实上无论是过去还是现在对于那些在婚恋问题上"出格"的公众人物，人们总是抱以"横挑鼻子竖挑眼"。其实，在这个问题上，我倒不主张什么"道德审判"。世间最复杂之事，莫过于男女情爱。比如婚姻，这鞋好不好，只有脚才知道，外人是不好评判的。因此我主张，在对待与男女婚恋相关的人和事时，我们最好是抱一种"理解的同情"和"同情的理解"。回到马寅初的婚姻问题。我觉得谈论马寅初的婚姻生活，有两个问题需要细致分析，那就是：马寅初为何要再娶？再娶之后又如何来对待这两个妻子？为什么要讨论这两个问题呢？因为这两个问题一个事关思想，一个事关行为品德。

先谈马寅初为何要再娶。马寅初再娶，首先有一个大的历史背景，那就是旧中国的纳妾制。古代重男轻女，允许男子讨小老婆。民国时期虽然规定一夫一妻制，但是在生产资料私有制的基础上，各种变相的多妻制仍然存在。马寅初的两次婚娶一次发生在清朝末年，一次发生在民国初期。在那两个时代，男子纳妾是一个社会问题，不见得就和道德一定有关。这是其一。其二，马寅初的两次婚娶都是父母一手操办。当然马寅初自己也并未反对。为什么已经有了一个妻子还要再娶一个呢？原因是马寅初的第一个妻子张桂君当时生了两个女儿，一心盼望香火传承的马寅初父母，为没有孙子而着急万分。第二个妻子王仲贞就是在这么一种背景下被娶进门的。作家贾平凹说过一句话："有些人是教授是大科学家是领导，但实际上他是农民；有些人是农民，但实际上他是诗人是哲学家。"这话可用在马寅初身上。马寅初虽然是喝过洋墨水的大学教授,但他身上确实有封建的东西,意识深处留有封建思想的残余,比如"不孝有三,无后为大"的传宗接代思想。同样这一点也表现在他的学术研究上,马寅初主张避孕,却反对人工流产。这在今天看来,实际上是一种保守思想。

再谈第二个问题,怎样对待两个妻子。不要小看这个问题,只要问问时下那些个"包二奶"、"养小三"的人你就知道这个问题该有多难。那么,马寅初如何与这两位妻子相处呢?网上有一个材料说:为示平等博爱,马寅初常常是上半夜睡正房,下半夜睡偏房。这当然是好事之人的无稽之谈。事实上马寅初对这两个妻子一视同仁,他没有因为有了小妾就冷淡了正妻。他将两位妻子都接到北平。虽说夜里轮流在两个妻子的住处就寝,但在白天,他总是由两个妻子陪伴着就餐、散步或上街购物。有时马寅初外出度假,她们也都与他同行,从来没有过厚此薄彼的事情发生。"文革"的时候红卫兵逼马寅初退掉一个妻子,周恩来出面调解说:"马老婚姻乃历史遗留问题,不必施行革命。"正因如此,张桂君与王仲贞相处得非常融洽。她们以姐妹相称,互敬互爱,互相体贴,一心一意地侍奉丈夫,从来不计较个人得失。后来马寅初的住宅需要大修,马家搬出租房居住,两房妻子才分居两处。即使这样,马寅初也经常去看望住在大女儿家的张桂君,张桂君也常去看望马寅初和王仲贞。1954年大女儿病逝后,马寅初将张桂君接回家,与王仲贞一起生活,直到他101岁逝世。

同样是封建的旧式婚姻,马寅初既没有像鲁迅那样一有新人就冷落发妻,也没有像郭沫若那样用情不专、滥施风流。相反,他克己复礼,近百年如一日,如履薄冰、小心翼翼,以自己的宽宏、大度、韧性、律己维护了一大家子的友好与和睦。这样说来,马寅初的婚姻生活正是他伟大人格的一个真实反映。

## 周汝昌的爱情观

1940年,正在燕京大学读书的周汝昌经人介绍与同乡毛淑仁女士认识并结婚。此前,周汝昌曾有过一段朦胧的"爱情史"。

周汝昌有一位表妹名叫李存荣。两人幼时并不常见,后来舅舅家举家迁到咸水沽,来往多了起来,两人才逐渐产生了感情。李存荣长相一般,但为人颇聪明,虽然只有小学文化程度,却谈吐非凡。周汝昌与这位表妹彼此都有好感,因为两家大人很熟悉,所以并不干涉他们来往,只等水到渠成,操办婚事。然而,一切就好像是命中注定似的,这对有情人终究是有缘无分。周汝昌上学期间曾经历过一次惊险的"绑架事件",事后,周汝昌性情大变,常有一种恍如隔世的感觉,对以前发生的一切都生出一种强烈的幻灭感。因此,当父亲提出为他和表妹举办婚礼时,他当即答道:"我还有志气,想求学,现在不想这件事。"这话传到表妹耳朵

# 第四章
## 婚恋

后,她十分痛恨周汝昌,大骂他"缺德"。一段姻缘,就此断绝。

周汝昌的妻子毛淑仁小周汝昌六岁,出身大户,识文断字。婚前两人见过几面,彼此并没有什么了解,更谈不上感情,只是不反感而已。周汝昌与毛淑仁婚前没有什么轰轰烈烈的恋爱,却也相濡以沫,携手走过了一生,两人育有两子三女。毛淑仁是典型的贤妻良母,相夫教子,操持家务。周汝昌痴迷学问,基本上不理家务,挣了钱都交给妻子掌管。家中大小事情都由毛淑仁一手打点。毛淑仁尽管不能直接读书作文,但在收拾整理、妥善保管各种文献、信函、物品、资料,乃至文字校对方面对周汝昌却也多有帮助,也算是"贤内助"。

周汝昌先生认为爱情两字是十分纯洁而又神圣的,他提倡人们不要轻易滥用。"社会应当高尚,应当允许男女有友谊,而不要把感情与爱情等同混淆起来。"周汝昌先生以古典名篇《西厢记》为例,一针见血地指出:"在我们古国遗风上讲,西方定义的'爱情'观念与事实并不多见(个别例外极稀罕)。《西厢》的文笔才调,堪称第一,我最佩服倾倒,但看其内容,一个行旅的书呆子,偶然在庙里见了人家小姐生得美,就迷上人家了,丢下事业,赁房相近,想入非非。结局目的是为了何事?不客气,就是'软玉温香抱满怀'、'露滴牡丹开'……这儿谁也不'了解'谁,哪儿的'爱情'?这叫淫乱。"

对于现代人整天热衷谈论的爱情,周汝昌先生有自己独到的见解。周汝昌先生将爱情定义为:爱情应当是对那人的真实地、深切地全面了解、理解而对之发生的倾慕(鲁迅语)与倾倒——全心全身地服了其人,贡献给其人,为之服务解忧是自己最大的幸福。爱其人,惜其人,为了其人的利益幸福,一切不计。所谓"求仁而得仁,又何怨?!"不仅如此,他还说:"真爱情往往带着悲剧性因素,而世俗的'爱情',核实了却不过满足己欲,自我享受,自我'占有'……"

周汝昌先生曾说,他从年轻时就觉得,对爱情这种复杂而微妙的精神境界学问,只有曹雪芹讲得最好、最深、最真。可见,对于爱情的体悟,其实也是周汝昌一生喜欢《红楼梦》、一生解味《红楼梦》的一个重要原因。

# 第五章 养生

## 马一浮的"养生四诀"

马一浮是我国著名的国学大师、理学家、佛学家,被称为是"一代儒家",堪称"国宝"。马先生不仅学问渊博,而且深谙全生养性之道,积累了不少养生经验。

马一浮自称自己是一个"不祥之人","一生少福泽"。他11岁丧母,19岁父亲去世,20岁妻子离他而去,此后一直未续弦,也无一儿半女。其间,二姐、三姐相继早逝。直到耄耋之年仍丧事不断,可谓痛矣。先生早年体羸多病,生活清苦,加之治学甚力,用脑过度,25岁即须发苍然。然如此境遇,竟能高寿,足见先生确有过人之处。

马一浮自幼性慕幽遁,向往陶渊明"弃官归隐,田园为乐"的隐士生活,成年后更是绝意仕途,不趋利禄。马一浮说他一生有三好:一好读书,二好友朋,三好山水。他遍览《四库全书》,读书之多,罕有能比;平生交游如谢无量、熊十力、梁漱溟、苏曼殊、李叔同、丰子恺、夏丏尊、朱光潜等皆为一时名流；但最让他受用的恐怕还是山水田园、宇宙自然。有道是"智者乐水"、"仁者爱山"。马一浮一生钟情山水，所到之处，务必要山明水秀。他当年之所以不愿长期在浙江大学讲学，一个重要的原因在于浙大当时所在的宜山"出郭少嘉树，四野唯荒菅"，那种凋敝的景象使先生不愿长居。由此可见，环境对人是多么的重要。

马一浮之所以能高寿，除了乐天知命、豁达洒脱的人生态度之外，还与他的生活习惯有关。他日常起居作息很有规律，通常都是早睡早起，天未亮就醒来，躺在床上构思东西。起床后，盘腿打坐，做静气功。然后略吃早餐。他有个习惯，吃饭的时候喜一人独吃，不与家人共餐。他喜欢吃硬食不吃烂软的食物，用完餐即漱口。饭后便开始一天的工作，或看书，或临帖，偶尔也会客。他有午睡的习惯，但通常时间不会太长。马一浮一生没有其他嗜好，唯喜吸烟、喝茶。早年吸水烟、旱烟，后来改卷烟；茶，是云南普洱茶，需用紫砂壶搁在方形的铜炭炉上烧得滚烫。马一浮住陋巷、服布衣、吃斋饭，生活清苦，但由于他善于调节，加之又精通医道，故能物尽人性、颐养天年。

马一浮积毕生之经验，总结出了一个"食要少、睡要早、心要好、事要了"的"养生四诀"，颇值得我们当代人实践效仿，兹略作介绍：

"食要少"：甘淡薄，远厚味，随分有节，不贪不过，此为却病之要。古人告诫我们，吃饭要吃七分饱，就是这个意思。如今不是吃不饱，而是食过多，时下的许多病症多因贪食。在吃饭问题上我们应遵循"少盐多醋，少荤多素"。

"睡要早"：以时宴息，身心轻安，不昏不昧，不杂不扰，此为养气之要。人最怕熬夜，熬夜对身体伤害最大。所以，如无特殊情况一定要"早睡早起"。

"心要好"：常存爱人，不起瞋恚，与物无忤，自保太和，此为调心之要。世人养生只知养身，而往往忽视或无视养心。殊不知，人是身心的统一体，养心要比养身更重要。

"事要了":了有二义,一是了达义,谓洞达人情,因物付物,无有滞碍;二是了当义,谓敏于作务,事至立办,无有废顿,此治事之要。所谓"倾宇宙之全力活于当下一瞬",正是此理。

马一浮一生虽屡遭磨难,但他能穷理尽性、逢苦不忧,于养生不仅自证自悟,而且能坚持实践,一以贯之,终以85岁高龄,荣归道山,被世人传为佳话。

# 林语堂的"半字哲学"

林语堂（1895—1976）

　　林语堂的人生是诗样人生、才情人生、幽默人生、智慧人生。他早年生活在基督教家庭，宗教观念深铭其心。后长期留学国外，接受过系统的西方文化熏陶，加之他本人又对中国传统文化中的儒、释、道进行过深入的研究。故他的人生观颇为复杂，其中既有基督教的观念、儒道佛文化的传统，也不乏西洋绅士的头脑和眼光。

　　林语堂写过一篇文章《中庸的哲学：子思》，这篇文章充分地体现了他的人生哲学。在这篇文章里林语堂这样写道："我们大家都是天生一半道家主义者和一半儒家主义者。……中国思想上最崇高的理想，就是一个不必逃避人类社会和人生，也能够保存原有快乐的本性的人。……半玩世者是最优越的玩世者。生活的最高类型终究是《中庸》的作者，孔子的孙儿，子思所倡导的中庸生活。古今与人类生活问题有关的哲学，还不曾有一个发现比这种学说更深奥的真理,这种学说所发现的,就是一种介于两个极端之间的有条不紊的生活——中庸的学说。这种中庸的精神在动作和不动作之间找到了一种完全的均衡,其理想就是一个半有名半无名的人;在懒惰中用功,在用功中偷懒;穷不至穷到付不起屋租,而有钱也不至有钱到可以完全不工作,或可以随心所欲地帮助朋友;钢琴会弹,可是不十分高明,只可以弹给知己的朋友听听,而最大的用处却是做自己的消遣;古董倒也收藏一些,可是只够排满屋里的壁炉架;书也读读,可是不太用功;学识颇渊博,可是不成为专家;文章也写写,可是寄给《泰晤士报》的信件有一半退回,有一半发表了——总而言之,我相信这种中等阶级生活的理想,是中国人所发现的最健全的生活理想。"不仅如此,林语堂在文中还全文引用了清人李密庵的《半半歌》以此来印证他的这套人生哲学。

《半半歌》全诗28行:

看破浮生过半,半之受用无边。半中岁月尽幽闲,半里乾坤宽展。半郭半乡村舍,半山半水田园。半耕半读半经廛,半士半民姻眷。半雅半粗器具,半华半实庭轩。衾裳半素半轻鲜,肴馔半丰半俭。童仆半能半拙,妻儿半朴半贤。心情半佛半神仙,姓字半藏半显。一半还之天地,让将一半人间。半思后代与沧田,半想阎罗怎见。酒饮半酣正好,花开半时偏妍。帆张半扇免翻颠,马放半缰稳便。半少却饶滋味,半多反厌纠缠。百年苦乐半相参,会占便宜只半。

短短28行却用了41个"半"字,重言多复,饶有意味。主旨乃力倡中庸之道,不偏不倚。

林语堂是一个天分颇高的人。他曾先后深入研究过孔子、老子、庄子、陶渊明、武则天、苏东坡等人,并从这些人的人生经历中悟到了许多"只可意会无可言传"的东西。在历经了人生的种种磨砺之后,林语堂也逐渐形成了一套以"觉醒、幽默、闲适、享受"为特征的个人人生哲学,而这其中最为重要的当首推他的"半字哲学"。

林语堂的"半字哲学"是有着深刻的思想内涵的。从产生的根源上讲有四个来源:一是《周易》居安思危、否极泰来、"穷变通久"的思想,二是老子《道德经》中安时处顺、清静无为的思想,三是《菜根谭》中"路留一步、味让三分"、"让名远害、归咎养德"、"天道忌盈、业不求满"、"盛极必衰、居按虑患"等教诲规劝,四是《中庸》中"极高明而道中庸"的"执中"与"度"。

林语堂"半字哲学"的核心思想是中庸。关于中庸,孔子有一句话:"持满之道,抑而损之。"意思是说:保持盈满的关键在于"损"。在孔子看来一个有德的君子应该是高而能下,满而能虚,富而能俭,贵而能卑,智而能愚,勇而能怯,辩而能讷,博而能浅,明而能暗。这话实在是具有大智慧,想必林语堂也注意到并予以琢磨、把玩。同样,清人曾国藩也说过一句话用来形容人生的最佳处境,那就是"花未尽开月未圆"。花开则谢、月圆则损。——人生关键在于一个"度"字。正是基于此,林语堂才强调"姓字半藏半显"。在林语堂看来,一个智慧聪明的人应该是一个"半玩世者"、"中等阶级的人"。他说"最快乐的人终究还是那个中等阶级的人,所赚的钱足以维持经济独立的生活,曾替人群做过一点点事情,仅是一点点事情,在社会上有点名誉,可是不太著名。只有在这种环境之下,当一个人的名字半隐半显,经济在相当限度内尚称充足的时候,当生活颇为逍遥自在,可是不是完全无忧无虑的时候,人类的精神才是最快乐的,才是最成功的。"

"半字哲学"讲起来容易但做起来却难,现实中没有几个人能真正做得到。我们都知道勾践卧薪尝胆的故事。勾践之所以能复仇雪耻主要得益于两个人:一个是文种,一个是范蠡。此二人皆经邦治国之才,其能力谋略不差上下。但范蠡功成身退、见好就收,偕美女西施出逃泛舟太湖成了一名富翁隐士。文种贪图功名、流连忘返,结果落了个横刀自刎。同样的历史在张良、韩信身上再次上演。张良久习黄老之术深知才大逼人、功高震主之理,自从汉高祖刘邦入都关中,天下初定,他便托辞多病,闭门不出。随着刘邦皇位的渐次稳固,张良逐步从"帝者师"退居"帝者宾"的地位,遵循着可有可无、时进时止的处世原则,最后再假托神道,明哲保身做了快活神仙。韩信居功自傲,终于身死未央宫。由此可见,一个人要真正做到"半字哲学"那是何等的艰难?你要勘破功名、急流勇退,你要适可而止、知足常乐,你要忍受孤独与清寂,你要具有大智慧!

## 梁漱溟的人生态度

　　梁漱溟是我国现代著名的思想家、哲学家，他一生致力于人生问题和社会问题的研究，而尤以人生问题用力最甚，几乎是倾注了毕生的精力。正是因此，他走了一条独特的、与众不同的人生道路；也正是因此，他对人生抱有一种智慧的、艺术的人生态度。

　　梁漱溟说，所谓"人生态度"是指人日常生活的倾向，往深里讲，它属于哲学的范畴。中国人喜欢将人生态度分为"出世"与"入世"，梁漱溟认为这样分太笼统。他将人生态度分为三种：第一种叫"逐求"。持这种人生态度的人在现实生活中追逐不已，如饮食、宴安、名誉、声色、货利等，一方面受趣味引诱，一方面受问题刺激，颠倒迷离于苦乐中。第二种叫"厌离"。持这种人生态度的人有一个特点，即能够回转头来反看自己。

当这种人回过头来冷静地观察生活时,即感觉人生太苦,一方面自己为饮食男女及一切欲望所纠缠,不能不有许多痛苦;另一方面,社会上又充满了无限的偏私、嫉恨、仇怨、计较,以及生离死别种种现象,更促使人觉得人生太无意义。如是,乃产生一种厌离人世的人生态度。第三种叫"郑重"。持这种人生态度的人一方面自觉地听其生命之自然流行,求其自然合理耳;另一方面自觉地尽力去生活,将全副精神照顾当下。

梁漱溟指出,这三种人生态度,每种态度皆有深浅。逐求是世俗的道路,郑重是道德的道路,而厌离则是宗教的道路。西方人向外用力,两眼直向前看,追求物质享受,是逐求的人生态度;印度人注重宗教生活,属厌离的人生态度;中国人强调"正心诚意"、"慎独"、"忠恕"、"仁义",属于郑重的人生态度。三者比较而言,当以逐求态度为较浅;以郑重与厌离二者相较,则郑重较难。逐求与厌离这两条路同样背离了人类的本性。人类的本性不是贪婪,也不是禁欲,不是驰逐于外,也不是清静自守,人类的本性是很自然很条顺很活泼如活水似的流了前去。所以,逐求与厌离这两条路都是不对的,都是不合理的人生态度。

梁漱溟推崇的是中国传统儒家郑重的人生态度。他说,从逐求态度进步转变到郑重态度自然也有可能,但那是很不容易的。普通人都是由逐求态度折到厌离态度,从厌离态度再转入郑重态度。宋明理学大家大多如此,所谓出入儒释,都是经过厌离生活,然后重又归来尽力于当下生活。我以为,梁先生的这个观点是很重要的。以此我们就能解释历史上的许多人的"非常之举"。譬如:弘一法师李叔同。李叔同作为"二十文章惊海内"的大师,很早的时候就集诗、词、书画、篆刻、音乐、戏剧、文学等于一身,在多个领域都首开中华灿烂文化艺术之先河。然而他在经历了生命辉煌、艺术创造巅峰之后,却突然于39岁时抛家舍业前往杭州虎跑寺削发为僧。同样,梁漱溟本人的人生道路也颇具传奇色彩。他十几岁时,极接近于实利主义,后转入于佛家，最后方归转于儒家。与李叔同不同的是，梁漱溟虽然一度也曾想出家做和尚，但他到底最终是入了儒家，成为现代新儒家的早期代表人物之一，并被世人誉为"中国最后一位儒家（大儒）"，而这一切显然是得益于他智慧而又艺术的人生态度。

# 熊十力与吃

国学大师熊十力为人天真烂漫，表里如一。熊十力一生好吃，演绎了许多与吃相关的珍闻趣事。

熊十力在《十力语要》中写过一篇《说食》："余以为，国人生命上缺乏营养，此不可不注意也。"他是这么说，也是这么做的。有一件事，可视为是此话的最好注解。有一次，熊十力在朋友家吃饭，朋友的孩子想吃餐桌上的一块肉，熊十力却立刻夹到自己的碗中，他说："我身上负有传道的责任，不可不吃，你吃了何用？"于是坦然吃下。这事要换作别人肯定是不妥的，但是对熊十力而言，那是再自然不过了。因为，他向来是以中国文化的托命人自居。

学者李耀先是熊十力的学生。据他讲，他慕名初次拜见熊十力的时候，适逢熊家吃汤圆，熊十力留他一同进餐。李耀先一口气吃了九个汤圆，碗里还剩一个，他怕不礼貌，勉为其难又吃了半个，剩下半个实在吃不下

熊十力（1884—1968）

去了。正在为难之际,忽听熊十力在桌上猛击一掌,怒喝:"你连这点东西都消化不了,还谈得上做学问,图功事?"熊十力此话犹如当头棒喝,令李耀先顿时汗流浃背,豁然开朗,肚量也为之一宽,将剩下那半个汤圆顺利吃下去了。

还有一件事,也颇能说明熊十力对吃的态度。1934年,熊十力住在学生徐复观的家中。徐家有小女均琴,刚三岁,颇逗人喜爱。一次,熊十力问她:"你喜欢不喜欢我住在你家?"小孩答:"不喜欢。"熊十力问:"为什么?"小孩说:"你把我家的好东西都吃掉了。"熊十力听后大笑,用胡子刺她的鼻孔说:"这个小女一定有出息。"

有道是:"唯大英雄能本色,是真名士自风流。"在吃食上,熊十力从不掩饰自己。熊十力爱吃肉。吃素的梁漱溟曾无可奈何地说:"熊先生一顿能吃一只鸡!"知道熊十力喜欢吃鸡,朋友、弟子们上门时,总不忘给他买一只上好的烧鸡。在重庆时,郭沫若常带着桂圆和鸡鸭去看望熊十力。一次,郭沫若给熊十力带了一只老母鸡,让他快活异常。此外,熊十力还好吃鳖。当年上海复旦大学聘请他做教授,他提出的要求是,每饭须备一鳖。

1926年至1927年间,梁漱溟在北京西郊大有庄租了几间平房,和熊十力以及十几个青年学生同住一起。当时梁、熊二人都没有固定收入,靠发表文章、出版书籍维持十几个人的生活。基于此,大家大都都跟梁漱溟一起吃素,唯有熊十力吃肉。当时学生薄蓬山管理伙食。一天,熊十力问薄:"给我买了多少肉?""半斤。"当时是16两一斤,熊十力一听是半斤,骂道:"王八蛋!给我买那么点儿!"过了两三天,熊十力又问:"今天给我买了多少肉?""今天买了八两。"熊十力一听高兴得哈哈大笑说:"这还差不多!"

抗战初期,马一浮由重庆去嘉定办复性书院。行前,贺麟设宴为马一浮饯行,熊十力作陪。席上,有一盘菜熊十力尝后觉得味道不错,于是叫人把它移到自己跟前,吃得淋漓尽兴,全然不顾别人。马一浮对此举箸安详,彬彬有礼。

晚年，熊十力由上海市委统战部"领导"。他经常向统战部领导"汇报"自己的近况，特别是吃饭问题。1960年11月，他致信统战部，要求吃粗面包，"上月承惠两次饼干，是上好的东西，而此物吃时总不觉得饱，所以愿吃粗面包"。1960年12月，熊十力突然便血，于是他再次给统战部写信"谨请予我一个宰好了的肥的母鸭子，看可救此症否？"并说"素承厚意怜念老人，故敢常扰"。统战部12月5日向上级请示："拟同意送母鸭一只，请核。"领导批曰"同意"。于是，12月9日，熊十力得到了自己的一只肥母鸭。

熊十力一生好吃，但"文革"开始后，他却常常不吃不喝。1968年5月，84岁的熊十力，绝食而逝。

追影：
真名士自风流

## 蒋介石的饮食习惯

蒋介石（1887—1975）

在中外名人中，蒋介石是比较重视饮食规律的一位。他一日三餐及平常吃用的那些食品虽然谈不上名贵，但却很简单、精致。

蒋介石喜欢喝汤，尤其是鸡汤。据《我在蒋介石父子身边四十三年》一书的作者翁元讲："（蒋介石）官邸的菜色几乎每样都会用鸡汤做调味，老先生（指蒋介石，下同）非常喜欢吃鸡汤，厨房几乎每天都准备鸡汤。厨师知道先生的口味，每天都会准备好一只老母鸡，煨锅浓鸡汤，成为官邸饮食的基本特色。"蒋介石喝鸡汤要求温度适中略高。有一次副官没有掌握好鸡汤温度，结果蒋介石被烫得当场将鸡汤吐了一桌子，为此他吼道："你这个混账！你想要害死我啊！"副官吓得要死。

蒋介石吃遍大江南北各种菜系，中餐西餐，但是他最喜欢的还是来自家乡的奉化菜、宁波菜。例如，他喜欢吃溪口的芋艿头、奉化的奉蚶、雪里蕻肉丝汤、大汤黄鱼等。在这些品种繁多的家乡菜中，蒋介石最常食用的是奉化的腌盐笋和芝麻酱。翁元说："为了让老先生吃得舒服称心，大师傅几乎天天得变换花样，可是菜色再怎么改变，老先生有几样家乡菜是每天都要吃的，那就是腌盐笋和芝麻酱。……因为腌盐笋是老先生每天都要吃的家乡味，官邸内务科几乎每年都要腌制几十斤，供老先生每天食用。"除此之外，蒋介石还特别喜欢吃一种名叫"黄埔蛋"的自家菜。所谓"黄埔蛋"，其实就是水煮鸡蛋。其诀窍在于煮出来后鸡蛋形状完整，不起泡，蛋白好像嫩豆腐，蛋黄酥软而无流体。这道菜难就难在一般人很难掌握火候，煮得恰到好处。

蒋介石一日三餐大体是这样安排的：早餐，依惯例是先吃一片木瓜，再吃早点。副官们通常在蒋介石吃木瓜的时候，就把温度略高的鸡汤放到桌子上。等到蒋介石吃完木瓜，鸡汤的温度也就恰到好处。蒋介石不怎么喜欢吃西餐，所以他的中午饭一般来说都是地道的中国菜。品种较多，每样菜肴都要烧得很烂并且都加了鸡汤做调味品。餐桌上，有几样菜是必备的，一是腌咸笋和芝麻酱，二是一碗不腻的鸡汤，三是"黄埔蛋"。午饭吃完，侍从会端上一盘水果供蒋介石夫妇选用，蒋介石除了苹果外，其他的水果都喜欢吃。蒋介石吃水果十分节省，如果一根香蕉中午没有吃完，那他便要留在盘中等晚饭后继续吃，如果有谁随便把它扔了，蒋介石知道后一定会大骂一顿。晚饭，蒋介石以稀饭、点心为主，外加腌咸笋和芝麻酱。不过需要说明的是，蒋介石吃的稀饭是用鸡肉熬成的，可以说是鲜美无比。当然，他有时候也会吃白米稀饭。

蒋介石不喝酒（少量果酒除外），以喝白开水著称。不过他喝白开水也很讲究，温度要控制在30℃~40℃，而且是温热交替饮用。蒋介石每天起床之前半小时，内勤人员就开始为他烧开水。烧开之后先倒好一杯，自然冷却，然后另倒一杯保温。等蒋介石洗漱完后，侍卫再送上两杯事先备好的300毫升左右的开水，让其一温一烫，慢慢享用。如果外出，那就要用两个保温杯，一个盛开水，一个盛温开水，以便二者能够调和温度。每隔10—20分钟，蒋介石就要喝水。何时喝凉、何时喝热，这些侍卫们都很清楚。每隔20分钟，副官就会为他换一次开水，随叫随到。

蒋介石一生戎马倥偬，日理万机，伤神劳力且多有挫折、打击，但他居然能活到88岁高龄，这主要得益于他科学、合理的饮食习惯。

# 施蛰存：「不死就是胜利」

施蛰存先生是我国著名的文学家、翻译家、教育家，学贯中西，博通古今，被誉为"百科全书式的专家"。先生99岁荣归道山，一生经历了清末、民国、新中国几个历史时期。在长达一个世纪的漫漫人生旅程中，他阅尽人世沧桑，在不断的磨砺中形成了一套独具特色的养生之道与人生哲学。

施蛰存一生以老庄思想养生，对汉朝人的养生方法推崇备至。他将汉镜背面常刻的铭文："上有仙人不知老，渴饮玉泉饥食枣"引为自己养生的座右铭。施蛰存身体原本并不好，他30岁时患黄疸病，后多次复发；40岁时得伤寒症；50岁时得痢疾；80岁时又患了直肠癌，破腹开腔动了大手术，医生当时说他只能活五年。谁知他年逾九旬后，仍文思敏捷，笔耕不辍，新作迭出。

施蛰存久病缠身，但却能高寿，这首先

施蛰存（1905—2003）

得益于他良好的生活习惯。施蛰存通常一天只吃两顿饭。早餐在上午10时左右,每天必吃八颗红枣、一个鸡蛋,或吃粽子。晚餐吃粥或面条。有时候下午也加点儿餐,通常是吃点儿点心、饼干,喝一杯奶粉加咖啡。施蛰存不喜欢吃补品,更不喜欢吃药。他只相信食补,相信鸡蛋、鸡汤、牛肉、火腿。夏天不吃,秋冬之际,一定大吃。感觉体倦乏力时,他就吃些蹄髈、八宝鸭,偶尔也吃一些新鲜水果。遇到拉肚子时,干脆就不进食,饿上两天。别人问起他的养生之道,他风趣地说:"谈不上什么养生,不过是顺天命、活下去。雪茄照抽,咖啡照喝,从不锻炼。只是吃得很少,晚上一小碗粥,足矣。"施蛰存的生活很有规律,从20世纪50年代初起,基本上是从家里到学校两点一线,出门也只是去书店,偶尔看看老朋友,极少参加活动。整天忙于看书、写作。他曾说,写作是他最大的养生之道。他日常除了睡觉,大部分时间都在看书读报,每天要看六七份报纸,阅读书报成为他日常生活中最重要的内容。闲时玩玩小古董,品瓷赏玉。下午休息一会儿,三时至四时接待客人来访,晚饭前看报纸。晚上7点至10点看各种书报、写信,或整理旧稿。

除良好的生活方式及心理上的不服老外,悠然自适的心态也是他长寿的一个重要原因。施蛰存淡泊名利,长期以来一直远离各种纷扰和人际应酬,晚年更是宠辱不惊。1993年有关部门决定授予他上海市第二届文学艺术杰出贡献奖,他得知消息后几次写信,请求评委会将该项荣誉给予年轻学者。不仅如此,他还将自己平生收藏的那些文物、书籍一一散去送人。他说:"我连生死都看得很淡,钱对我已毫无用处。至于名利,我早就看透了。"

施蛰存之所以能长寿不仅是因为他深谙养生之道,还与他独特的人生哲学分不开。施蛰存在历经重重罹难之后,形成了一套"棉花哲学"。60年代,施蛰存在农村摘棉花时悟出道理,棉花受到外部挤压,缩成一团,渺小无力;一旦外部挤压放松便又会松弛地恢复原貌,棉花依然是棉花,妙在弹性十足。此后,每当遇到挫折时,他都像棉花一样伸缩自如、弹性十足。"文革"期间,他专心致力于词学和金石研究,自得其乐,外界的干扰几乎对他不起任何作用。他当时的名言是"不死就是胜利"。与前辈,甚至同辈相比,施蛰存似乎还算不上顶尖学者,但是当这些人一个个都下世之后,施蛰存却成了不折不扣的大师。正是这种"棉花哲学"以及"不死就是胜利"的人生信念,支撑并成就了施蛰存坎坷而又光辉的一生。

追影:
真名士自风流

# 李泽厚谈人生

李泽厚(1930— )

关于自己,李泽厚这样说:"我是个很性急的人。老了更性急。我比较懒。我不愿意跟人来往,我喜欢孤独,喜欢独处。散步也喜欢一个人,既不跟朋友,也不跟老婆。我就是喜欢一个人,即使一个人在房间里待着也可以。我的个性是不喜欢谈自己,不爱推销自己。我这个人不会演讲,也不愿意演讲,所以我很多地方都采取答问的方式,别人提问我来回答。我这个人很顽固,不大受环境影响,不太看重别人的评论。不管你对我说好话也好、坏话也好。好话对我没有什么影响,我不会飘飘然。我从来不以为自己的东西有什么了不得。你骂我,我也不在乎。但我也不是完全不理睬,我注意人家骂我、批评我的话中有没有说对了的东西,只要说得对的,我都吸收。我是主张有反对的声音存在,即使我不赞成。这才是标准的自由派,有反对的声音可以起一种提醒作用、解毒作用。我是爱争辩的,包括朋友之间,从不让步,当然了争论完了还是朋友。"

谈到读书,李泽厚说,读书只有两个条件:一个是要有时间,第二个是要有书。其他都不重要,什么导师呀,不重要。要多读一些哲学史的书。再就是读历史书,历史是人文学科之母。要读原著。读了书以后要想想这本书到底哪些对哪些不对?要养成独立判断的能力。李泽厚主张写文章要有新意。他说:"我不喜欢重复自己。50年代我就定了一条,不为政治任务也不为经济考虑写文章。我从来不乱写文章。有意思、有感触才写,不然你写出来干吗。尽管我也写了好些应景文章,好多人让我写序,推来推去辞不掉,但我还是讲了一点自己的意思。基本上不乱写,不多写,更不为稿费写。"

对于人们普遍追求的成功,李泽厚说,人最重要的是要发现自己的潜能在哪里,这样你就能找到生命的意义到底在哪里。实现个人潜在的一切,那是最愉快的事。搞学问,主客观条件都很重要。主观条件最重要的就是你要看到自己的潜能在哪里,不是你的兴趣在哪里。一般人特别是少数天分高的人好像搞什么都行,但是并不见得。还是要发现你所有才能里面,哪一点最强。有的人一辈子也没有发现自己,认识自己是很不容易的。客观条件当然有很多,其中很重要的一个就是这个学科、这个领域本身到底还有多少东西可以发掘可以发挥。有些东西已经做得差不多了,你再做也就是增加一点点,或者你根本做不出什么东西来,那就应该另择领域,另外开辟天地,不要以为一个东西老可以做。

谈到金钱,李泽厚说自己年轻的时候很穷,买不起牙膏用盐刷牙。买不起笔记本,只好用活页纸,因为活页纸最便宜。看到别人煎鸡蛋羡慕得不得了。想吃肉没钱。后来因为发表文章,突然一下子很有钱,于是挥金如土,收到钱就花,有一种报复心理。

很多人称李泽厚是大师。对此他说:"大师不大师不重要。问题是你得真正有东西,你的见解要有一定的意义。我是搞哲学出身的,

# 追影:
## 真名士自風流

我觉得提供一些基本的想法、观念、角度,如果对大家有启发就可以了。至于其他,我向来不大关心。我这个人受传统影响多一些,我总觉得不应该把自己摆得那么高,我真是这样想的。我从来没有想我是天下第一,没有这种心态。我认为我就是普通人,没有精英心态。"不过,李泽厚也说,"我不大爱说狂言,不过现在想说一句:我有很多东西可以做别人的资源,但是人们没有注意到。我书里有一些很重要的东西,到现在为止还没有被人认真注意。也许过几十年以后才能被人真正认识"。

# 第五章 养生

## 杨绛：人生边上的烤火人

2011年7月17日，杨绛迎来了自己的百岁寿辰。百岁杨绛凭借她的学问与修养赢得了世人极大的敬仰。然而世人在追捧她的时候，却很少有人能真正地走进她的心灵深处，去体味她难言的伤痛。

1994年，与杨绛相濡以沫了一辈子的钱锺书住进了医院，从此缠绵病榻。不久，女儿钱瑗也住进了医院。两家医院相隔大半个北京城。为照顾丈夫和女儿，80多岁的杨绛天天来回奔波，辛苦异常。想想，杨绛此时也已是80多岁的老人，这些事对她该有多难。可是她一肩挑起，义无反顾。杨绛说："锺书病中，我只求比他多活一年。照顾人，男不如女。我尽力保养自己，争求'夫在先，妻在后'，错了次序就糟糕了。"

人，终是生命之过客。1997年3月4日，被杨绛称为"平生唯一杰作"的爱女钱瑗因癌细胞扩散在沉睡中去世。她竟走在

杨绛（1911— ）

了父母的前面。白发人送黑发人,那该是怎样的一种剧痛?杨绛怕钱锺书接受不了打击,不敢直接告诉他钱瑗已去世,她花了十天时间将钱瑗的死讯慢慢地、一点一点地渗透给钱锺书。或许真的是因为女儿的死对钱锺书打击太大,一年后的1998年冬的一个早晨,钱锺书在过了他88岁生日后不久,也离开了人世。临终前,他一只眼睁,一只眼闭。于是,杨绛低下身子贴在钱锺书耳边说:"你放心,有我呐!"

"世间好物不坚牢,彩云易散琉璃脆。"杨绛说:"我们三人就此失散了。就这么轻易失散了。现在只剩下了我一人。我清醒地看到'我们家'的寓所,只是旅途上的客栈而已。家在哪里,我不知道。我还在寻觅归途。我正站在人生的边缘上,向后看看,也向前看看。向后看,我已经活了一辈子,人生一世,为的是什么呢?我要探索人生的价值。向前看呢,我再往前去,就什么都没有了吗?当然,我的躯体火化了,没有了,我的灵魂呢?灵魂也没有了吗?有人说,灵魂向来处来,去处去。哪儿来的?又回哪儿去呢?"

夫死女亡,这对于任何一个女人都是揪心的痛,痛极之处方显平静。人间不会有单纯的快乐,快乐总夹带着烦恼和忧虑,人间也没有永远。"锺书逃走了,我也想逃走,但是逃到哪里去呢?我压根儿不能逃,我得留在人间,打扫现场,尽我应尽的责任。"失去了丈夫和女儿的杨绛忍受着常人难以忍受的巨大悲痛,继续完成女儿和丈夫的遗愿。杨绛唯愿"死者如生,生者无愧"。

走过了一个世纪沧桑岁月的杨绛,经历了常人难以想象的剧痛,但她始终隐忍、坚贞,始终哀而不伤。她在生命的磨砺中早已经参透了世事。在百岁生日来临时,杨绛写下了这样一段话:"我今年一百岁,已经走到了人生的边缘,我无法确知自己还能往前走多远,寿命是不由自主的,但我很清楚我快'回家'了。我得洗净这一百年沾染的污秽回家。我没有'登泰山而小天下'之感,只在自己的小天地里过平静的生活。细想至此,我心静如水,我该平和地迎接每一天,过好每一天,准备回家。"

如今,走到人生边缘的杨绛正以一种豁达的心态静静地等候生命最后归宿的到来。杨绛曾用英国诗人蓝德的一句诗来表达自己对生命与死亡的看法。诗是这样写的:

我和谁都不争,和谁争我都不屑。我爱大自然,其次就是艺术;我双手烤着生命之火取暖;火萎了,我也准备走了……

# 钱谷融的人生智慧

钱谷融（1919— ）

钱谷融是我国著名的文艺理论家。在他长达近百年的岁月长河中，并非一路坦程，相反屡遭磨难，有些甚至还是灭顶之灾。他之所以没有被这些一连串的打击所打倒，除了他强大而又精深的人格和学问支撑外，还与他长期以来积累的一套人生智慧分不开。

钱谷融生性散淡。他从小喜欢诸葛亮，自称是"山野野人"。诸葛亮出山前那种闲云野鹤的生活以及散淡飘逸的襟怀深深地影响了他，使得他在此后漫长的人生道路上即使遭遇不公，也能淡然处之。1957 年，钱谷融因发表 35000 字的论文《论"文学是人学"》而遭到全国范围内的猛烈批判，一时间乌云压顶。1959 年，钱谷融又因发表《〈雷雨〉人物谈》再次遭到大规模批判。"文化大革命"中钱谷融被戴上"老牌修正主义者"、"反动学术权威"和"漏网右派"三顶高帽而被拉着游行、批斗。后来,钱谷融住进了"牛棚",并被安排扫地、洗厕所;接着又被发配到苏北的"干校",直到1972年,才回到上海继续教书。

　　散淡的人往往崇尚一种简单、闲适的生活,钱谷融正是如此。钱谷融处世淡泊,从不与人争名夺利。他自称从没有什么大志,对外界是"零期待"。与当今学界的那些大佬不同,钱谷融从来不主动写作,他似乎更愿意做一个纯粹的教师,述而不著。为数不多的几本著作也是因为外界的"催压"才不得不动笔。对待学问,他有一个原则:"有感而发","不弄虚作假、不哗众取宠"。他说:"这一点,我觉得自己还是做得不错的。"因为散淡、闲适,钱谷融一生远离官场。他认为,中国知识分子的典型性格是不事王侯。1950年,华东师大成立时,学校请他出任中文系讲师兼图书馆主任,他一听当时就晕了。于是托词不去报到,理由是他做不了行政工作。最后学校同意他只做讲师,他才欣然前往。后来,中文系主任徐中玉教授退休,系里再次请他出任系主任,几次找他谈话,他再三考虑,最后还是拒绝了。他知道自己生性散淡不宜做官,还是清风明月,读书讲学为好。

　　除了散淡、闲适,钱谷融还是一个豁达的人。他的治学成就举世公认,但是他长期以来却一直受到不应有的待遇。1979年,钱谷融应邀到河南讲学,主持人宣布"欢迎钱教授演讲",全场爆发雷鸣般的掌声,这时只见钱谷融站起来面带歉意地说道:"对不起,我是讲师,不是教授。"当时钱谷融已是才高八斗、学富五车的全国著名学者、研究生导师,但他却始终未能进入申报副教授的行列。这样,直到1980年他才由讲师直接晋升为教授。钱谷融在讲师位子上一坐就是38年,这如果换作别人早就不答应了,但钱谷融对此却很豁达。他幽默地对人说:"你看,我的眉毛过去是向上翘的,经过几十年的风雨,现在已经耷拉下来了。"钱谷融的豁达还表现在他的以德报怨上。已故著名女作家戴厚英是钱谷融的学生,60年代上海作协对钱谷融进行了长达49天的批判,批判中被誉为"小钢炮"的戴厚英首当其冲,她一上来,就声色俱厉地直呼:"钱谷融!"连"先生"也不称。拨乱反正后,戴厚英参加职称评定,晋升副教授。由于她在"文革"中的种种表现,评委们心生厌恶,没有一个人愿意在她的职称评定表上签名。这时钱谷融不计前嫌,独自一人在戴厚英的职称评定表上签了名。

　　《金刚经》曰:"一切有为法,如梦幻泡影,如露亦如电,应作如是观。"其实,人生何尝不是如此?人一旦真的能像钱谷融那样散淡、闲适、豁达,那么剩下的就只有举止安详,宠辱不惊,笑看人生了。

# 第五章 养生

## 袁伟时的养生之道

袁伟时是我国著名的中国近代史专家，近年来在学术界十分活跃，名扬中外。他虽然已是耄耋之年，但脸色红润，皮肤光滑，思维敏捷，毫无老态，被人称为"老顽童"。上海三联书店出版的袁伟时的大作《中国现代思想散论》作者简介下面印着这样几行字："走一万米路，干八小时活；冷看历史波涛，笑评人间是非；说真话，说自己的话；身心两健，自得其乐。"

据袁伟时自己讲，他小时候身体并不好，五六岁时得了一场大病很严重。当时父亲将他抱到山脚边一个没人住的屋子里，并请和尚为他做法事，结果总算是保住了小命。念高中时，有一次体育课还不及格，要补考。一个身体原本并不怎么好的人，居然能寿登耄耋，这说明一定有他过人之处。那么，袁伟时的养生之道又是什么呢？袁伟时说："养生的道理都是老生常谈，真正的秘诀是坚持。归

袁伟时（1931—  ）

纳起来是四句话——心态平和,饮食健康,生活规律,适度运动。"

心态平和。袁伟时将心态平和列为养生之首,这的确是见道之言。古人言:"仁者寿。"仁者为什么能长寿呢?就在于他们道德崇高、心地澄明。现代医学也证明心胸开朗、乐善好施的人要比那些狭隘、伪善、自私的人健康长寿。袁伟时讲,最重要的是心态平和。人不可能不遭遇困难、挫折和压力。如何应对?虚静、坚守良知、学术自信,三者相加就是最好的抗压墙和智慧催化剂。历史是永不落幕的连续剧,以观察者和批判者的眼光看世界,总会瞥见曙光,藐视横逆。此外,"天跌下来当被冚(盖)"、"比上不足,比下有余",这些老百姓挂在口边的谚语常蕴含着可贵的智慧。袁伟时家客厅里悬挂着一副书法家尚洪涛书写的古代格言:"虚能养和,静能生悟。仰以察古,俯以观今。"虚境修身,独立俯仰,察古观今,乐在其中。正是这种道家虚静思想的潜移默化,使得袁伟时无论遇到什么风浪,心灵都能非常安宁。

饮食健康。袁伟时说,"饮食方面我是一等良民:一直坚持四不(不抽烟,不喝酒,不吃内脏和动物脂肪,不吃辣),五多(青菜,水果,鱼,脱脂奶,杂粮)。每天早晨,我是菜市场最早的顾客之一,把最新鲜的食品带回家。"此外,他不吃高胆固醇、高脂肪的东西,青菜水果和鱼吃得很多,早上爱喝牛奶、麦片。

生活规律。袁伟时生活很有规律,几十年如一日。早睡早起,晚上11点睡觉,早上6点左右起来,中午再睡一个小时左右。

适度运动。说到运动,袁伟时有一个说法:"走一万米路,干八小时活。"意思是说,天天走一万米路,日日干八小时活。袁伟时每天沿着中山大学校园走十公里,分两次,一次一小时。另外,他还坚持早晚各做两次广播操,他说:"广播操是堪与太极拳比美的发明。每天早晚做,能远离各种关节病。"

袁伟时一生与书相伴,读书、买书、教书、写书,过的是一种学院式的书斋生活,但是他生性开朗,兴趣广泛,喜欢听音乐(特别是古典音乐)、看小说、看电影,不仅如此,他还写博客、"织围脖",拥有粉丝无数。